낯선 땅에 홀리다

낯선 땅에 홀리다

김연수

김중혁

나희덕

박성원

성석제

신이현

신현림

정끝별

정미경

함성호

함정임

마음의숲

차례

"여행한다는 것은 완전히 말 그대로 '사는 것'이다. 현재를 위해 과거와 미래를 잊는 것이다. 그것은 '가슴을 열어 숨을 쉬는 것'이고, '모든 것'을 즐기는 것이다."

– 알렉상드르 뒤마

쾌락은 우리를 자기 자신으로부터
떼어 놓지만 여행은 자신을 다시 끌고 가는
하나의 고행이다.

알베르 카뮈

김연수

1970년 출생. 성균관대학교 영어영문학과 졸업. 장편소설로 《네가 누구든 얼마나 외롭든》, 《밤은 노래한다》, 《꾿빠이, 이상》, 《사랑이라니, 선영아》, 《7번 국도》, 《가면을 가리키며 걷기》, 단편집으로 《세계의 끝 여자친구》, 《나는 유령작가입니다》, 《내가 아직 아이였을 때》, 《스무살》, 산문집으로 《대책 없이 해피엔딩》, 《여행할 권리》, 《청춘의 문장들》 등을 출간. 번역서로 《대성당》, 《기다림》, 《젠틀 매드니스》, 《달리기와 존재하기》 등을 옮김. 동서문학상, 동인문학상, 대산문학상, 황순원문학상, 이상문학상 등을 수상.

근검절약하는 서민들의 도시,
리스본의 추억

히로타 상이 내게 건넨 명함에는 다음과 같은 글자가 적혀 있었다. "Online Laboratory On Complementary Currencies JAPAN", 그리고 "Founder Miguel Yasuyuki Hirota". 아무리 들여다봐도 이게 무슨 뜻인지 잘 이해되지 않아 뒷면을 봤더니 거기에는 한문으로 "補完通貨研究所 JAPAN 創設者廣田裕之"라고 적혀 있었다. 그러니까 그는 "일본 보완통화연구소의 창설자인 미구엘 야스유키 히로타"라는 사람이라는 뜻이었다. 하지만 어쩐지 보완통화라는 말 자체를 만든 사람이 히로타 상이 아닐까 하는 의심이 들었다. 그러니까 내 말은, 그 명함에 적힌 단어들을 나로서는 전혀 이해할 수 없었다는 소리다. 명함을 받아 들었으되 이 사람이 하는 일이 뭔지 짐작조차 할 수 없다고나 할까. 어쩌면 세계의 바닷가를 다니면서 조개껍질 같은 걸 모아서 돈 대신에 사용하는 방법을 연구하는, 뭐 그런 사람일지도 모를 일이었다.

히로타 상은 리스본에 도착한 내가 제일 먼저 만난 외국인이었다. 2008년 겨울, 스페인의 중세 도시 살라망카에서 국제버스를 타고 9시간 남짓 달린 끝에 나는 리스본 세트히우스 버스 정류장에 도착했다. 시간은 이미 밤 9시를 넘긴 뒤. 이베리아 반도를 돌아다니는 많은 배낭여행자들은 내가 내린 그 버스를 타고 포르투갈의 리스본에서 다시 스페인의 세비야까지 8시간 징도 이동한다. 누군가 이 글에서 영감을 받아 리스본에서 세비야까지 야간 버스로 여행할 계획을 세운다면, 나는 그 시기가 여름이기를, 그리고 세비야에 비가 내리지 않기만을 바랄 뿐이다. 왜냐하면 그 빌어먹을 야간 버스는 정말이지 애매하다고밖에 말할 수 없는 새벽 5시 30분에 세비야에 도착하기 때문이다. 그 시간에 세비야는 깊이 잠들어 있으리라. 버스 정류장은 잠겨 있고, 주위에는 밤새 버스 좌석에서 새우잠을 잔 여행자와 그다지 다를 바 없는 몰골로 잠든 노숙자들뿐일 것이고. 그 버스의 스케줄을 결정한 사람은 그 시각에 세비야에 도착하면 정말 많은 것들을 보고 느끼고 즐거워할 것이라고 생각했……을 리가 전혀 없겠지. 그 시간은 대개 밤을 꼬박 새면서 마시고 떠들어 댄 안달루시아 인간들이 마침내 잠

자리에 들 시간이니까.

어쨌거나 나는 그 끔찍한 야간 버스에서 내렸고, 석방된 포로 여러 명과 협상 전문가를 교환하듯이 여행의 달인인 듯한 표정의 배낭여행자들 몇몇이 내가 내린 그 버스에 올라탔다. 장차 그들의 고난을 생각하며 나는 잠시 묵념했다. 다시 눈을 뜨니 리스본의 어두운 밤이었다. 거기가 세트히우스 버스 정류장이라는 사실만 나는 알고 있을 뿐, 다른 건 아무것도 몰랐다. 리스본에 대한 정보라고는 중심가의 지도뿐이었는데, 그나마 그건 내 머릿속에 있었고, 시간이 흐르면서 점점 흐릿해지고 있었다. 해서 일단 나는 지하철을 타고 중심가로 가기로 했다. 지하철을 타는 건 그다지 어렵지 않으니까. 그렇게 해서 리스본의 중심가인 바이샤 −알투의 지하철역에서 나왔을 때, 내 눈앞으로는 너무나 근사한 카페, 그리고 그 주위로 오르막길, 또 다른 오르막

길, 그리고 내리막길, 또 다른 내리막길뿐이었다.

마음의 여유가 있었더라면 그 카페의 테라스 자리에 앉아 세기말의 망명 지식인처럼 포르투갈의 에스프레소인 비카 한 잔을 홀짝였겠으나 당시 내 처지는 격전을 앞두고 그만 지도를 잃어버린 중대장에 가까웠다. 동서남북을 알 수 없는데, 포탄이 마구 떨어지고 있다고 생각해 보자. 일단은 아무 방향으로나 움직일 수밖에. 나는 내리막길로 내려가기로 결심했다. 오르막길을 걷는 것보다는 쉬워 보였기 때문이었는데, 이게 조삼모사의 선택이라는 건 금방 밝혀졌다. 한참 걸어 내려간 뒤에야 나는 '내가–지금–어디에–있는–것인지–절대로–알지–못한다.' 라는 여행자가 맞닥뜨릴 수 있는 가장 난처한 상황에 이르렀다. 나는 허겁지겁 짐을 들고 내려온 길을 되짚어 올라갔다. 최소한 내가 어디에 있는지는 알고 있어야 했으므로 다시 지하철역으로 돌아간 것이다.

숨을 몰아쉬며 언덕 중턱쯤에 있는 지하철역의 입구까지 올라간 뒤, 나는 머릿속의 흐릿하기만 한 리스본 지도를 마구 검색했다. 당연히 내 머릿속의 지도는 2차원이다. 거기에는 높낮이가 나오지 않는다. 그러나 리스본은 7개의 언덕으로 이뤄진 도시다. 내가 하늘에서 내려다보지 않는 이상, 내 머릿속의 지도는 아무런 소용이 없었다. 그 사실을 깨닫자마자, 모든 게 뒤죽박죽이 돼 버렸다. 제기랄, 나는 왜 지도를 프린트해 오지 않았단 말인가? 무슨 배짱으로 밤 11시가 넘은 시각에 머릿속 지도만 믿고 처음 가 본 도시의 호스텔을 찾아갈 수 있으리라고 생각했단 말인가? 내가 어디에 있는지는 잘 알겠는데, 그 순간 도대체 내가 어떤 사람인지는 나도 모르겠더라. 그러다가 기적처럼 한 단어가 불현듯 떠올랐다. '브라○○○'. 더 정확하게 말하

자면, '카페 브라○○○'. 계시와도 같은 원래 모든 계시란 그

렇게 불확실한 것이다. 그 단어는 무엇일까? 인터넷 페이지에

소개한 글에 따르면, 그 호스텔은 "리스본에서 가장 유명

한 카페인 브라○○○와 같은 건물에 있다."고 돼 있었다.

　나는 다시 내리막길을 천천히 걸어 내려가면서 리스본

에서 가장 유명한 카페를 찾아 두리번거렸다. 길의 좌우로

많은 카페와 레스토랑들이 있었다. 일일이 들어가서 "여기

가 리스본에서 가장 유명한 카페냐?"고 묻는다면, 주인들

은 저마다 "그렇다."고 대답하겠지. 역시 그 정보도 도움

이 될 것 같지는 않았다. 그나마 조금 더 내려가자 카페는

더 이상 보이지 않고 옷가게뿐이었다. 나는 다시 지하철역

을 향해서 올라갔다. 두 번째 걸어 올라가는 언덕길. 그 길

에서 나는 알베르 카뮈와 《시시포스의 신화》를 생각했다.

골고다의 언덕도 떠올랐다. 십자가나 돌보다는 여행 가방

이 가벼울 것이라고 스스로 위로했다. 하지만 어쨌거나 올라가야만 한다는 건 예수나 시시포스나 나나 똑같았다.

갑자기 스페인 그라나다에서 만난 대학생이 생각났다. 한국에서 스페인어를 가르치고 싶다고 내게 말했던, 그 스페인문학 전공의 남자는 내가 무슨 토성인이라도 된다는 듯이 "세르반테스를 아느냐?"고 물었다. 소설가라고 나를 소개했는데, 고작 그따위 질문을 들을 줄이야. 하지만 그 질문은 뜻밖에도 나를 즐겁게 했다. 우리는 그런 놀이를 한참 더 했다. 마르케스를 아느냐? 안다. 네루다를 아느냐? 안다. 바르가스 요사를 아느냐? 안다. 그러다가 결국 내가 모르는 사람의 이름이 나왔다. 알베르토 카무스. 누구지, 이건? 알고 봤더니 그건 알베르 카뮈의 스페인식 발음이었다. 처음 간 리스본에서 나는 알베르토 카무스의 책에 나오는 주인공처럼 언덕을 올라갔다. 맨 아래까지 내려갔다가 나는 리스

본에서 가장 유명한 카페는 처음 지하철역에서 내리자마자 본 그 카페가 분명하다는 확신이 들었기 때문이었다.

확신은 확신할 만할 때 드는 것이다. 올라가 보니 그 카페에는 'Cafe Brasillia'라는 이름이 붙어 있었다. 카페가 있는 건물 모퉁이를 돌아가자, 리스본 포에츠 호스텔Lisbon Poets Hostel이라는 간판이 보였다. 리스본에 처음으로, 그것도 밤에 도착하는 외국인 배낭여행자들이 너무 쉽게 찾으면 여행의 운치를 느끼지 못할까 봐 세심하게 배려해서 잘 안 보이게 달아 놓은 작은 간판이었다. 예약하든 예약하지 않든 배낭여행자에게 숙소는 한 가지 의미뿐이다. 침대 하나. 예약했다면 숙소를 찾다가 지친 나머지 거기 침대 하나만 있다고 해도 만족한다. 만약 예약하지 않았다면 거기서 짐을 들고 다시 내려가 다른 곳을 찾는 게 여간 끔찍하지 않아서 그냥 침대 하나에 만족한다. 밤은 깊었고, 거리에는 술에 취한 사람들이 가득하고, 길바닥은 절대로 가방을 끌고 다니면 안 된다는 듯이 편석을 깔았다. 이런 상황에서 뭘 더 바라겠는가? 침대 하나면 된다. 침대 하나면 족하다. 사실 인터넷을 검색하다가 포에츠 호스텔을 발견했을 때, 내가 단숨에 반한 것도 바로 그 침대 하나 때문이었다. 그 호스텔의 모토는 다음과 같았다. 나는 그 단순명료한 세계관에 매혹됐다.

"A Bed to Sleep, A Book to Read, A Friend to Talk.잠잘 침대 하나, 읽을 책 한 권, 얘기할 친구 한 명."

그리고 나를 매혹시킨 건 하나 더 있었다. 그 이름도 아름다운 믹스드룸Mixed Room, 우리 말로는 그러니까, 음, 남녀혼숙방? 영어로는 그럴 듯한데 한국어로 옮기니 역시 이상하지만, 어쨌든. 소개를 보니 포에츠 호스텔은 도미토리뿐인데 모두 믹스드룸이라고 했다. 예약할 때 나는 8인실, 4인실, 2인실 중에서 고민하다가 결국 2인실을 선택했다. "아니, 어쩌자고 2인실 믹스드룸을 선택했느냐?"라고 누군가 묻는다면, 그 사람의 성별을 일단 확인한 뒤에 여자라면 이렇게 대답하리라. "좀 조용하게 지내고 싶어." 무슨 흑심이 전혀 없었다는 소리다. 이건 사실이었다. 리스본에서 나는 좀 조용하게 지내고 싶었다. 믿거나 말거나 그런저런 생각들로 믹스드된 머리로 호스텔에 들어갔다.

내게 배당된 방의 문에는 아도니스라는 이름이 붙어 있었다. 모르긴 해도 시인의 이름인 것 같았다. 왜냐하면 왼쪽 방에는 휘트먼의, 오른쪽 방에는 로트레아몽의 이름이 붙어 있었으니까. 호스텔의 스태프인 베아트리스가 문을 여는 순간, 안에서 무라카미 하루키의 《상실의 시대》에 나오는 소설 속의 인물처럼 생긴 남자가 걸어 나왔다. 그 소설에는 주인공을 빼면 남자가 별로 많이 나오지 않으니까 누구일지 짐작해 보기를 바란다. 그 사람이 호스텔 문을 열고 나간 뒤에 나는 베아트리스에게 물었다.

"저 사람의 국적은 어디냐?"

말은 그렇게 했지만, 속마음은 다음과 같았다.

'믹스드룸이라며!'

"글쎄, 이름이 미구엘이라던데 잘 모르겠다. 여기 사람인지 동양에서 온 사람인지. 왜 그러느냐?"

숙박부 같은 걸 뒤적이더니 그녀가 되물었다. 나는 두 손바닥을 위로 하고 어깨를 치켜드는 동작을 취했다. 그건 스페인에서 배운 몸동작이었는데, 뭔가 찔리거나 자기 쪽에서 잘못한 일이 있을 때 그들은 그런 동작을 잘 취했다.

"아니, 뭐, 알다시피 난 외국에 여행 온 것인데, 하필이면 한국 사람하고 같이 자긴 좀 그러니까……"

역시 말은 그렇게 했지만, 이런 뜻이었다.

'믹스드룸이라며! 남녀혼숙방이라며!! 2인실이라며!!!'

어쨌든 내 팔자에 늘씬한 유럽 미녀와 2인실 믹스드룸을 쓸 팔자는 없는 것 같았다. 그 부분을 포기하자 맹렬하게 허기가 느껴졌다. 일단은 뭐라도 먹어야만 할 것 같아서 호스텔을 빠져나왔다. 호스텔을 찾고 어쩌고 하는 통에 언덕을 오르내리느라 밤 11시가 가까워지고 있었다. 리스본에 24시간 영업하는 김밥천국이 있는 것도 아니고, 그렇다고 편의점도 없어서 자칫하면 허기진 배를 부여잡고 동양 남자와 2인실에서 하룻밤을 보내야만 할 처지였다. 무슨 식당을 고르고 말고 할 새도 없이 제일 가까운 식당, 그러니까 카페 브라질리아로 달려갔다. 물어보니 1층은 카페로만 운영되지만 지하에 가면 식당이 있는데 이제 주방을 닫을 시간이 다 됐으니까 빨리 내려가라고 웨이터가 말했다. 허겁지겁 나는 계단을 밟고 지하로 내려갔다.

문을 열자마자 나와 눈길이 마주친 건 그 동양 남자였다. 그 남자도 늦은 저녁을 먹기 위해서 그 식당을 찾은 것이었다. 다른 자리에 앉을까 하다가 별거 중인 부부도 아니고 어차피 같은 방에서 잘 사이인데 따로 앉아서 밥을 먹는 것도 웃길 것 같아서 양해를 구하고 그의 맞은편에 앉았다. 그는 이미 주문을 한 상태라 나만 메뉴를 골랐다. 설로인 스테이크. 소고기로 배를 꽉꽉 채우고 싶었다. 아니나 다를까, 리스본의 스테이크는 그 양이 어마어마했다. 그날 낮 12시 스페인과 포르투갈 국경을 넘어가기 전, 자그만 휴게소에서 타파 1개를 집어먹은 게 전부였으므로 나는 접시까지도 다 삼킬 수 있을 정도로 배가 고팠다. 그런데 스테이크를 먹으려는 찰나, 앞에 앉은 그 남자가 말했다.

"리스본은 해산물로 유명한데, 왜 스테이크를 주문했느냐?"

그 남자의 앞에는 이름을 알 수 없는 버터구이 물고기 한 마리가 접시 위에 놓여 있었다. 그걸로는 도저히 내 허기가 채워질 것 같지 않았다. 나는 배가 너무 고프기 때문에 스테이크를 시켰다고 말했다. 포르투갈에는 보통 포도주의 반 정도 크기의 1인용 포도주가 많은데, 그 남자는 그 포도주도 주문했다. 하지만 나는 맥주. 포도주와 물고기, 맥주와 스테이크, 이 두 메뉴는 서로 친구가 될 수 있을 것 같지 않았다. 그렇다면 그때 마주 앉은 우리, 앞으로 2인실 남녀혼숙방을 함께 써야만 하는 우리 역시 쉽게 친구가 될 것 같진 않았다. 나는 말 없이 스테이크를 먹었다. 하지만 그 남자는 말이 많았다. 내가 배가 불러서 더 이상 스테이크를 먹지 못할 때까지 그는 리스본에 대한 일장연설을 늘어놓으며 내가 반드시 가야 할 곳을 설명했다. 그도 그럴 것이 그는 진작에 물고기를 다 먹어 치웠던 것이다.

한참 떠들어 대던 그가 갑자기 말을 끊더니 먹다 남은 스테이크가 놓인 내 접시를 가리키며 말했다.

"다 먹은 거냐?"

"그렇다."

리스본에서는 식당에서 스테이크를 남기면 벌금형이다, 뭐 그 정도 말을 기대하고 긴장하는데, 그가 말했다.

"그럼 남은 건 내가 먹어도 되겠느냐?"

당연히. 그리하여 만난 첫날부터 히로타 상과 나는 서로 밥을 나눠 먹고 같은 방에서 잤다. 친하기 때문에 밥을 나눠 먹고 같은 방에서 자는 경우도 있지만, 그 반대의 경우도 있다. 어떤 경우든 자고 나면 뭔가 혈육 같은 느낌이 드는 건 어쩔 수 없다.

그렇긴 해도 문을 닫으면 저절로 잠기는 좁은 방에서 낯선 남자와 단둘이 밤을 보내는 일은 쉽지 않을 것이다,

라고 생각하다가 나는 곯아떨어졌다. 히로타 상은 어땠는지 몰라도 나는 아주 푹 잤다. 아침에 일어나니 히로타 상은 나갔는지 방에 없었다. 나는 식사를 하려고 커뮤니티룸으로 갔다. 포에츠 호스텔은 최근 유럽 호스텔의 트렌드를 잘 보여 주는 곳이다. 호스텔은 여행자들끼리 서로 정보도 교환하고 친구도 사귀는 곳이므로 숙박 시설보다는 커뮤니티룸을 더 중요하게 여기는데, 그 점에 있어서 포에츠 호스텔은 별 5개짜리 호텔보다 더 나았다. 문을 연 지 얼마 되지 않은 곳이라 식당과 커뮤니티룸은 눈이 부실 정도로 깨끗했다. 아침에 제공하는 식사도 좋았다. 빵은 따뜻했고, 커피는 충분했으며, 과일도 나왔다. 거기 식당에서는 타호 강이 보였다. 나를 보자마자 히로타 상은 타호 강을 가리키면서 다시 리스본 관광 안내를 시작했다.

"저게 강인 것 같으냐, 바다인 것 같으냐?"

히로타 상이 물었다. 그게 강이라는 걸 알고 있었으면서 빵을 입에 물고 있다가 그런 질문을 받았기 때문인지 갑자기 말문이 막혀서는 잘 모르겠다고 대답했다. 그랬더니 히로타 상은 요놈 잘 걸렸다는 듯이 그것은 타호 강이며, 거기는 하구라 강폭이 넓으며, 조금 더 내려가면 무슨 날짜를 이름으로 하는 유명한 다리가 있으며, 그 다리를 건너가면 무슨 유명한 동상이 있으며 주절주절 떠들어 댔는데, 내가 별로 귀를 기울이지 않는 눈치를 보이자 자기 말을 못 알아듣는다고 생각했는지 말하자면 서울의 한강과 같은 것이라며, 참으로 초딩스러운 설명을 덧붙였다. 그게 또 다른 화제의 시작이 되어 그는 자신이 한글을 읽을 수 있다며 내게 글자를 써 보라고 했다. 내가 이름을 쓰자, 그가 더듬 더듬 읽었다. 김윤쭈. 아, 리스본에 와서 이 무슨 초딩스러운 짓이더냐! 하지만 뭐라고 하면 다른 걸 써 보라고 할까 봐, 난 대단하다고 말했다.

아침을 먹은 뒤, 나는 제일 먼저 노란색 28번 트램을 타러 갔다. 우리로 치자면 포에츠 호스텔이 있는 곳은 명동쯤이었으므로 내가 오매불망 그리던 그 트램은 호스텔 바로 앞을 지나가고 있었다. 사람들에게 내가 리스본에 꼭 가 보라고 권하는 이유는 오직 하나, 그 트램 때문이다. 트램은 꼬불꼬불한 리스본의 골목을 기가 막힐 정도로 날렵하게 빠져나가면서 언덕을 올라갔다가 내려갔다가 하는 등 하루 종일 타고 다녀도 지루할 틈이 없다. 게다가 창밖으로 보이는 리스본 사람들의 삶의 풍경은 단순히 전차를 탄다는 것 이상의 감동을 준다. 나는 리스본에 있으면서 매일 그 노란색 28번 트램을 탔다. 타고 가다가 아무 곳에서나 내리면 어디에나 작은 카페와 음식점과 상점이 있는 멋진 동네들이었다. 3천 원 정도면 히로타 상이 먹던 작은 와인

을 주문할 수 있고, 5천 원에서 1만 원 정도면 포르투갈 남자들이 먹는 식당 밥을 먹을 수 있다. 서서 마시는 포르투갈식 에스프레소인 비카는 1천 원 정도였다.

그날도 나는 28번 트램을 타고 동쪽 종점까지 갔다. 거기서 다시 언덕길을 따라 아래로 내려갔다. 다 내려와서 다시 시내 중심가를 향해서 걸어가노라니 동대문 시장 같은 풍경이 펼쳐졌다. 작은 전자제품과 시계를 파는 가게, 혹은 가방이나 옷을 파는 가게들. 거기에서는 중국산 싼 제품들이 큰 인기를 끌고 있었다. 그렇게 가게들을 구경하면서 걸어가노라니 중국식품점이 나왔다. 스페인에서는 식당이 없는 1인용 방에서 생활했기 때문에 언감생심 중국식품점이 있어도 뭘 살 생각을 하지 못했다. 하지만 포에츠 호스텔에는 부엌이 있어서 조리가 가능했다. 그래서 나는 이런저런 생각할 겨를도 없이 중국식품점으로 들어갔다. 그렇다고 내가 중국요리를 해 먹는 취미가 있다는 뜻은 절대로 아니고, 거기서 내가 찾은 건 신라면이었다. 한국 신라면과 완전히 똑같다고는 말할 수 없지만, 중국 신라면은 그런대로 우리 입맛에 맞았다.

룰루랄라 그렇게 신라면 5개를 사서는 호스텔로 돌아갔다. 다행히도 다들 관광을 나가 부엌에는 일하는 아줌마뿐이었다. 나는 그 아줌마의 눈치를 보면서 라면을 끓였다. 그런데 문제는 호스텔의 레인지는 가스레인지가 아니라 전기레인지라는 점이었다. 이 전기레인지는 어느 정도 온도가 올라가면 자기가 알아서 불을 끈다. 그래서 물이 팔팔 끓지 않아서 라면을 끓이면 불 수밖에 없다. 게다가 한 번도 써 보지 않은 냄비에 끓였기 때문에 물을 제대로 맞추지 못해서 너무 많이 부었다. 마지막으로 나 역시 매운 음식을 안 먹은 지가 너무 오래됐다. 다 끓이고 나서 시뻘건 국물

속에 잠긴 면을 나무젓가락으로 먹었더니 혓바닥이 따끔거렸다. 나도 모르게 기침이 나올 정도였다.

라면이 이렇게 맛없는 음식이었는가 하고 놀라고 있노라니 일하던 아줌마가 구경을 왔다. 언제 들어왔는지 히로타 상도 옆에 있었다. 두 사람이 지켜보는 가운데 나는 라면을 먹었다. 두 사람이 꼭 불쌍한 사람 보듯이 나를 보는 것이었다. 그게 다 라면 때문인 것 같아서 나는 면발을 마구 삼켰다. 그러는 동안 히로타 상은 아줌마에게 포르투갈어로 뭔가를 설명하느라 분주했다. 히로타 상이 그렇게 포르투갈어를 잘하게 된 건 브라질에서 어린 시절을 보냈기 때문이었다. 보완통화를 잘 연구하는지 어떤지는 모르겠지만, 히로타 상이 포르투갈어와 영어와 스페인어를 잘하며 한글을 읽을 줄 아는 언어 천재인 것만은 분명했다. 그러나 그 상황에서 히로타 상이 포르투갈어를 너무나 잘한다는 사실은 좀

불안했다. 아니나 다를까 히로타 상이 내게 말했다.

"이 아줌마는 브라질에서 온 사람이다. 네가 먹는 한국식 라면에 대해서 설명했다."

설명? 도대체 뭐라고?

"한국 사람들은 사람이 먹을 수도 없을 정도로 엄청나게 매운 음식을 좋아한다고 말했더니, 이 아줌마가 자기 고향 사람들도 매운 음식을 좋아한다고 한다."

브라질의 어느 곳인지는 모르겠으나, 하루 속히 신라면을 수출하기를. 하지만 고향을 떠나와 리스본에서 생활한 지 오래된 모양인지, 이윽고 실내에 라면 냄새가 꽉 차자 그 아줌마는 연신 기침을 하기 시작했다. 새로 문을 연 포에츠 호스텔의 커뮤니티 룸이 신라면 냄새로 꽉 찬 것이다. 그 아줌마가 기침을 해 대자, 히로타 상은 창문을 열었다. 그럼 나는? 나는 내 입이 하수구라도 된다는 듯이 남은 라면과 국물을 허겁지겁 입안으로 밀어 넣었다. 꾸역꾸역 먹으면서도 내 걱정은 나머지 4개는 이제 어떻게 하는가 하는 것이었다. 그건 걱정할 필요가 없었다. 하루 뒤 히로타 상이 2인실 남녀혼숙방에서 나간 뒤로 동양인 남자 혼자 묵는 그 방에 감히 들어올 생각을 하는 남녀는 한 명도 없었으므로 나는 그 방에서 생라면을 깨 먹으면서 향수병을 달랬다. 생라면이라면 이제 신물이 난다.

그 다음 날, 히로타 상은 무슨 회의가 있어서 포르투갈의 남쪽 작은 도시에 내려간다고 말했다. 해서 그날 저녁, 내게 리스본의 뒷골목 식당에서 하는 파두 공연을 꼭 보여주고 싶다고 말했다. 리스본에 와서 술집에서 하는 파두 공연을 보지 않으면 리스본을 봤다고 할 수 없다는 둥의 그 너스레와 함께 말이다. 파두는 우리로 치자면 트로트와 같은 포르투갈 사람들의 대중가요다. 스페인 사람들과 비교

해서 포르투갈 사람들은 한국인들과 느낌이 참 비슷한데, 아마도 그건 두 나라가 오랫동안 군사독재 정권의 지배를 받았기 때문이리라. 항구도시 서민들의 애환과 리스본의 감상적 정취를 주로 노래하던 파두는 그런 힘든 시기를 거치면서 한의 노래가 됐다. 그래서 한국 사람들과 그 정서가 얼추 비슷하다. 나 역시 바로 그런 애상적인 정취 덕분에 파두를 좋아한다. 그렇다면 리스본의 뒷골목에서 반드시 파두를 듣는 게 옳을 텐데, 포르투갈어를 하지 못하는데다가 혼자서 그런 공연 같은 걸 볼 마음이 나지 않아서 포기했던 터라 히로타 상의 제안이 반가웠다. 우리는 저녁에 호스텔에서 다시 만나기로 하고 일단 헤어졌다. 어둠이 내린 뒤, 우리는 파두를 구경할 식당을 찾아서 바이샤-알투의 뒷골목을 서성거렸다. 파두 공연으로 유명한 집은 다섯 군데 정도. 뒷골목이긴 하지만 입구에 프로그램과 함께 불을 밝혀 놓아 찾기 어렵지는 않았다. 히로타 상은 가게 앞에서 메뉴를 한참 연구하더니 양복을 차려입고 호객 행위를 하는 남자와 한참 토론하며 수첩에다 뭔가를 적었다. 그러곤 또 다른 곳에 가 보자고 말했다. 나는 꿀 먹은 벙어리처럼 그를 뒤따라갔다. 다른 식당 앞에서도 마찬가지. 메뉴를 분석한 뒤에 호객 행위를 하는 남자와 토론 및 수첩 필기. 그렇게 우리는 호스텔 근처에서 파두 공연을 하는 식당을 다 돌아다녔다. 일단 조사가 끝나자, 필기한 것을 들여다보면서 어디로 갈 것인지를 분석했다. 그러니까 히로타 상이 가려는 식당은 가장 싸게 파두를 볼 수 있는 곳이었다. 보완통화연구소를 창설했다더니 역시 그 인내심이란. 그렇게 해서 우리는 한 식당에 들어가게 됐다.

식당에 앉으니 내 오른쪽에는 독일어를 쓰는 남녀, 왼쪽에는 일본인 노부부, 맞은편에는 미국인 남녀가 있었다.

여지없이 신혼여행객 대상 식당의 분위기였다. 나는 히로타 상이 권하는 대로 음식과 술을 시켰다. 당연히 해산물 요리였다. 그리고 첫 번째 공연이 시작됐다. 파두는 주로 기타 반주에 맞춰 노래를 부르는데, 그 정취는 이루 말할 수 없이 아스라하다. 기타를 치느라 몸을 수그린 남자의 머리는 백발이었고, 화려하게 차려입고 노래를 부르는 여자 역시 할머니라 말로 설명할 수 없는 어떤 향수 같은 게 몰려왔다. 파두 공연은 기대 이상이었다. 나는 손바닥이 터져라 박수를 쳤다. 정말 감격적이었다. 그렇게 일단 공연이 끝나고 밥을 먹으려니까 히로타 상이 내게 주의를 줬다. 파두 공연이 끝나자마자 밥을 먹는 게 어디 있느냐고 질책하는 듯한 눈초리였지만, 알고 보면 밥을 천천히 먹으라는 신호였다. 파두 공연은 한 번만 하고 끝나는 게 아니라 여러 번 하는데, 밥을 다 먹으면 자리에서 일어나야만 한다는 것

이었다. 그래서 밥도 먹을 수 없고 해서 나는 담배를 피우
려고 밖으로 나갔다.

쓸쓸하게 리스본 뒷골목 식당 처마 밑에서 담배를 피우
려니까 독일에서 온 커플 중 남자가 밖으로 나왔다. 그는
콘스탄틴이란 곳에서 여자친구와 놀러 왔는데, 내가 거기
가 본 적이 있다고 하니까 무척 반가워했다. 그는 거의 울
듯한 표정으로 "리스본이 좋다고 해서 주말을 이용해서 비
행기를 타고 왔는데, 저런 구닥다리 노래나 듣고 앉아 있으
려니까 내가 한심해서 미치겠다."고 말했다. 다음 날 다시
비행기를 타고 돌아가야만 한다는 그는 실제로 눈물을 글
썽거리기까지 했다. 그는 두 번의 실패는 없다는 듯이 담배
를 다 피우고 나더니 여자친구를 데리고 다른 곳으로 가 버
렸다. 그날, 밤 11시에 그 식당을 빠져나오면서 나는 생각
했다. 눈물을 흘릴 사람은 바로 나라구. 히로타 상의 엄한

눈초리 때문에 밥도 제대로 먹지 못한 채 나는 그날만 모두 세 번의 파두 공연을 봐야만 했다. 첫 공연에서는 그토록 감동적으로 공연하던 할아버지 할머니도 세 번째가 되자, 노골적으로 우리에게 싫다는 표시를 냈다. 공연을 안 하겠다는 것이었다. 그도 그럴 것이 세 번째 공연 때는 손님이라고는 히로타 상과 나뿐이었으니까. 미안하긴 했다. 하지만 히로타 상의 눈초리가 얼마나 엄하던지.

기타리스트와 가수가 짐을 챙기고 돌아가려는 찰나, 한 무리의 관광객들이 식당으로 들어왔다. 한국인 관광객들이었다. 한국인들, 얼마나 반갑던지. 덕분에 기타리스트와 가수는 다시 짐을 풀어 공연했고, 나는 하룻밤에 세 번의 파두 공연을 볼 수 있었다. 지금도 파두라는 말을 떠올리면 좀 지치는 감이 없지 않다. 파두의 음률만 들어도 그날, 우리에게는 더 이상 노래를 불러 줄 수 없다던 기타리스트와 괴로워하던 독일 남자의 표정이 생각난다. 참 한스러운 표정들이었지. 그래서 파두라는 게 그토록 한을 담은 노래라는 것일까? 그러거나 말거나 히로타 상이 연구한다는 그 보완통화라는 게 뭔지는 여전히 짐작조차 불가능하지만, 그게 보완통화든 진짜 통화든 그가 그 돈을 쓰는 모습을 보기란 참 힘든 일일 것이라는 것만은 나도 알겠다. 절약 정신 속에서 국제적 우정을 나눴기 때문일까? 리스본이라면 늘 근검절약하는 서민적인 도시라는 느낌이 남는다. 다시 리스본에 간다고 해도 나는 바이샤-알투의 싼 호스텔과 서민적인 식당과 밥만 다 먹지 않는다면 얼마든지 노래를 들을 수 있는 파두 공연을 찾아다닐 것 같다.

너는 아느냐.
미지의 나라에 대한 향수와
조바심 나는 호기심.
우리가 살아야 할 곳이 그곳이며
우리가 죽음을 기다려야 할 곳도
그곳이다.

보들레르

김중혁

1971년 경북 김천 출생. 2000년 중편 〈펭귄뉴스〉를 발표하며 등단. 《펭귄뉴스》, 《악기들의 도서관》, 《좀비들》 등의 책을 냈으며 김유정문학상, 젊은작가상 수상.

삶과 죽음이 더해진

스톡홀름

농담으로 시작된 여행이었다. 이런 말을 자주하고 다녔다. 내가 요즘 끝내주는 좀비 소설을 준비하고 있는데, 그걸 쓰려면 전 세계의 묘지를 한번 쭉 훑어봐야 해. 특히, 북유럽 쪽 묘지를 꼭 봐야 해. 묘지를 왜? 하하하, 가서 좀비들 좀 만나고 와야지. 죽었다가 벌떡 되살아난 좀비들 만나서 인터뷰도 좀 하고, 무덤에서 지내기 힘들지는 않은지도 물어보고, 사람 살 뜯어먹을 때는 어떤 기분인지, 또 맛은 괜찮은지도 물어보고. 음, 소설 끝내려면 한참 걸리겠네. 그러게, 끝낼 수나 있을지 몰라.

한국문학번역원에서 작가 해외 체류 프로그램이 있다는

걸 듣고, 곧바로 지원서를 냈다. 체류를 희망하는 도시에다 스웨덴 스톡홀름이라고 적고, 지원서에는 장편소설《좀비들》을 완성하기 위해서 반드시 스톡홀름에 다녀와야 한다고 썼다. 스톡홀름의 묘지 스코그스키르코가르덴Skogskyrkogarden, 이름 한번 어렵다!에 가서 반드시 봐야 할 풍경이 있다고 '뻥'을 쳤다. 나의 절절한 마음의 뻥이 통했는지 높은 경쟁률을 뚫고 내가 선정됐다.

스톡홀름으로 신청한 건 단순한 이유였다. '이때 아니면 언제 스웨덴에 가 보겠냐.' 는 마음이었다. 앞으로 내 평생에, 내 돈으로 그 비싼 비행기 표를 사서, 스웨덴 여행에

나설 것 같지는 않았다. 스코그스키르코가르덴 공원묘지에 가 보고 싶었던 마음이 없진 않았지만 뭐 그리 다를 게 있을까 싶었다. 사람 사는 것 다 똑같듯, 사람 죽는 것도 다 똑같고, 사람 묻히는 것도 다 똑같지 않을까 싶었다.

여행을 그다지 좋아하지 않는다. 새로운 환경에 적응해야 하는 것도 싫고, 새로운 환경에 적응할 때쯤 돌아오는 것도 싫다. 여행을 좋아하는 사람들은 그 변화가 마음을 송두리째 뒤흔드는 거겠지만 좁은 비행기 좌석에 구겨 넣기엔 내 몸이 너무 크고 외국인들은 어떻게 버티나 몰라. 넓은 좌석에 타기엔 내 지갑이 너무 얇다. 여행을 떠나서 내리는 결론은 늘 똑같다. 그래, 사람 사는 건 다 똑같다. 다 똑같은데, 왜 나는 어쩌자고 여기까지 날아와서 이 똑같은 걸 구경하고 똑같은 결론을 내리는 걸까. 문제는, 다음에도 똑같은 유혹에 빠진다는 것이다. 그래, 이번엔 뭔가 다를지 몰라. 새로운 세상이 날 기다리고 있을지도 몰라. 그 설렘 때문에 다시 짐을 꾸리고 좁은 비행기 좌석에 몸을 구겨 넣는 것이다.

스웨덴으로 떠나면서 나는 북유럽 여행 계획을 세웠다. 핀란드와 노르웨이, 덴마크의 풍경을 꼭 한번 보고 싶었다. 그곳은 어쩐지 다를 것 같았다. 내 머릿속의 북유럽은 세상의 끝이었고, 사람이 살 수 없는 땅이었고, 지상 최대의 대형 냉동실처럼 모든 것을 순식간에 얼려 버리는 장소였다. 여행의 테마는 쉽게 정해졌다. '대형 냉동실의 묘지들'. 대형 냉동실의 묘지에 어떤 좀비들이 숨어 살고 있는지 한번 찾아보자고.

여행을 떠나기 전부터 엄청난 추위를 상상했다. 어느 정도의 추위일까. 정말 춥겠지. 소변을 보는 대로 곧바로 얼음 기둥이 되어 얼어 버린다는 전설 속 추위 같을까. 잘

못된 곳에 발을 내디뎠다가 얼음 기둥이 되어 영원히 한국으로 돌아오지 못하는 것은 아닐까. 나도 나름 추위에 강하다면 강한 사람이다. 군 시절, 강원도 철원에서 근무하며 영하 20~30도를 넘나드는 강추위 속에서 ^{뻥 좀 보태자!} 웃통 벗고 냉수 목욕을 하던, 내가 그런 사람이다. 그런데도 상상 속의 북유럽은 너무 추웠다.

코펜하겐에 발을 내딛는 순간, 웃음이 났다. 이게 뭐야, 장난쳐? 하나도 춥지 않았다. 물론 기온은 낮았지만 춥다는 느낌은 없었다. 북유럽을 여행하는 동안, 그리고 스톡홀름에서 머무는 내내 춥다는 기분보다는 건조하고 냉랭하다는 느낌이었다. 모든 것이 바싹 마르고 바삭거려서 그 어떤 병균도 살아남지 못할 것 같은 느낌이었다. 내 머릿속에서 살고 있던 좀비들이 날씨에 환호하며 조금씩 밖으로 기어 나오고 있었다. 여기라면 그럭저럭 살아갈 수 있겠군. 좀비들

이 내 귀에다 대고 속삭였다. 나는 그 냉랭한 기운이 좋았다. 런던이나 파리의 분위기를 좋아하지만 스물스물 옷 속으로 기어드는 습기와 뼈를 녹이는 듯한 우중충한 날씨는 견디기 힘들었는데, 북유럽의 날씨는 마음에 들었다. 나는 야, 차가운 도시를 좋아하는 진정한 '차도남'. 여행을 떠나기 전에 스톡홀름이 배경이라는 단순한 이유로 〈렛미인〉이라는 뱀파이어 영화를 한 편 보았다. 영화의 분위기가 딱 그랬다. 눈 쌓인 숲, 걸을 때마다 뽀드득 소리가 나는 마른 길, 아주 작은 소리도 사방에 울려 퍼지게 만드는 적막한 공기.

코펜하겐의 홀멘 묘지에 들어서는 순간, 나는 주변의 풍경에 압도당하고 말았다. 그곳은 죽음의 공간이 아니라 삶의 공간이었다. 내가 생각했던 묘지와 전혀 달랐다. 코펜하겐의 묘지는 숲 속에 공원처럼 펼쳐져 있었는데, 다양한 스타일의 묘지가 곳곳에 있었다. 다양한 종교 때문에 다양한

방식으로 묻힌 그들의 묘비 하나하나에 적힌 이름을 읽었다. 내가 이해할 수 없는 외국어 이름이었지만, 그게 이름이라는 이유만으로 나는 그들의 삶을 상상했다. 하나의 이름에는 하나의 삶이 들어 있을 테니까.

가장 인상 깊었던 것은 묘지를 꾸미는 스타일이었다. 어떤 사람은 돌에다 친구의 이름을 새겨서 놓아두었고, 어떤 사람은 죽은 사람이 생전에 좋아했던 물건을 가져다 두었다. 죽음이란 우리가 상상할 수 없는 차원의 현상이라고 생각했지만, 그 묘지들을 바라보고 있으니 생각이 달라졌다. 어쩌면 삶의 일부, 삶의 연장일지도 모르겠다는 생각이 들었다. 멀리 여행을 떠난 친구를 떠올리듯 오래전 만나서 헤어진 첫사랑을 그리듯 죽은 사람을 생각하는 것이다.

묘지는 도시에서 멀지 않았다. 대부분의 묘지가 그랬다. 마음만 먹으면 쉽게 찾을 수 있는 곳이었다. 사람들은 산책을 하듯 가까운 사람의 묘지를 찾았다. 한국에서는 상상하기 힘든 일이었다. 한국에서 묘지를 멀리 두는 이유는, 아마도 사랑했던 사람을 떠올리는 게 힘들어서가 아닐까. 떠올리는 것만으로는 힘드니까 멀리 두고 잊어 보려는 게 아닐까. 산 사람은 살아야 하니까.

묘지를 가까이 두고 싶어 하는 사람의 마음도, 멀리 두고 싶어 하는 사람의 마음도 이해가 갔다. 한국에서도 비슷한 묘지를 본 적이 있었다. 제주도에서 차를 타고 지나가다가 밭 한가운데 묘지가 있는 걸 보았다. '산담'이라고 부르는 돌담을 소들이 묘지로 들어가는 것도 막고 묘지와 밭을 경계 짓기 위해 쌓긴 하지만 밭 한가운데 덩그러니 묘지가 있다. 감자를 캐다가 문득, 파를 뽑다가 문득 묘지를 바라보는 기분은 어떨까. 그 속에 들어 있는 사람을 생각할까. 그 속에 들어 있는 사람과 함께했던 시간을 생각할까.

북유럽 여행 중에 보았던 가장 아름다운 묘지는 베르겐에서 오슬로로 가는 길에 있었다. 5초쯤 보았을까. 거기가 어딘지 정확히 말할 수 없고, 풍경도 제대로 묘사할 수 없지만 묘지의 이미지는 내 머릿속에 여전히 선명하다. 눈이 끊임없이 내리는 날이었고, 나는 기차를 타고 절벽 사이를 달리고 있었다. 기억이 흐릿하지만 아마도 플람에서 뮈르달로 가는 길이었던 것 같다. 나는 절벽 아래 펼쳐진 풍경을 바라보고 있었다. 드문드문 마을이 있었다. 작은 마을 뒤편에 소박한 교회가 있었고 그 교회 뒷마당에 커다란 나무가 있었고, 그 나무 아래로 묘지가 있었다. 몇 개의 묘비와 십자가가 내 눈에 들어왔다가 빠른 속도로 멀어졌다. 거기에 묻힌 사람들은 어떤 사람들일까. 아마 그 마을에서 태어나 평생 거기서 살다가 죽은 사람들이겠지. 그들의 삶이 어떤 것인지 나는 추측할 수 없었다. 행복이라거나 불행이라는 짤막한 단어로, 혹은 삶의 의미라거나 꿈 같은 추상적인 단어로 그들의 삶을 추측하고 싶지 않았다. 눈발이 흩날리는 창밖으로 스쳐 지나가는 몇 개의 묘지를 보면서, 멀어지고 작아지는 교회의 십자가를 보면서 평생 다시는 와 보지 못할 먼 이국땅에 묻힌 죽음을 생각했다.

헬싱키의 묘지에서 재미있었던 것은 이름과 태어난 날과 죽은 날만 적은 판을 차곡차곡 쌓아 놓은 모습이었다. 우리 주변에서도 '봉안당'은 흔히 볼 수 있지만 이렇게 묘지 한가운데 빼곡하게 묘비만 쌓아 올린 건 처음 보았다. 나는 그 판들을 보고 한국의 상가에 가지런히 걸린 간판을 떠올렸다. 행인들에게 자신의 가게를 소개하기 위해 가지런히 걸어 놓은 간판을 떠올렸다. 죽은 사람들의 간판이 가지런히 걸려 있다고 생각하니 어쩐지 섬뜩하기도 했다. 죽고 나서 남은 것은 저 작은 판뿐이다. 이름과 태어난 날과 죽은 날이 적힌 작은 판뿐이다.

묘지만 돌아다니고 물론 유명한 곳은 구경 다니고 맛있는 것도 사 먹었지만 묘비만 들여다봤더니 어느 순간부터는 암호를 해독하기 위해 떠돌아다니는 사람이 된 듯했다. 이름과 숫자와 십자가가 암호 같았다. 그때의 느낌을 소설《좀비들》에다 이렇게 적었다.

귀퉁이가 부서진 묘비, 푸른 이끼, 무덤 옆에 덩그러니 놓인 녹슨 철제 의자, 사람들의 이름, 이름, 이름, 십자가, 먼지가 내려앉은 붉은 조화, 아무것도 묻혀 있지 않은 구덩이, 꺼져 버린 초, 별과 십자가, 날짜, 숫자, 눈 쌓인 묘지, 묘비 위에 얹어 놓은 인형, 묘지 위를 떠도는 까마귀 몇 마리, 묘비 속의 별과 십자가, 태어난 날 앞에 그려 놓은 별, 죽은 날 앞에 그려 놓은 십자가, 별과 십자가.

"이상하죠, 난 이게 십자가처럼 보이질 않아요."

홍이안이 사진을 찍다가 돌아보며 말했다.

"그럼 뭐로 보여요?"

내가 되물었다.

"더하기."

"더하기요? 빼기라면 말이 되겠지만 죽은 날 앞에 더하기는 이상하지 않아요?"

"난 이상하지 않은데요. 죽으면 땅에 더해지는 거잖아요."

정말 십자가가 더하기처럼 보였다. 우리는 저 먼 별에서 우연히 이 지구로 날아와 잠깐 살다가 땅으로 더해지는 존재들이라는 누군가의 메시지 같았다. 십자가를 계속 보고 있으면 그런 생각이 든다.

스코그스키르코가르덴의 십자가는 북유럽 묘지여행의

하이라이트였다. 스코그스키르코가르덴으로 들어서면 스웨덴의 유명한 건축가 군나르 아스플룬드가 세워 놓은 거대한 십자가가 눈에 들어온다. 십자가는 살아 있는 생명체 같다. 입장객들에게 메시지를 전하는 것 같다. 이곳은 십자가의 세계입니다. 여러분들은 전혀 다른 세계의 통로로 들어가는 중입니다. 여기는 산 것과 죽은 것이 한데 더해져 있는 곳입니다.

십자가를 통과하면 스코그스키르코가르덴의 조경을 맡은 시구르트 레베렌츠의 작품, 회상의 숲과 부활의 교회가 조용히 서 있다. 과묵한 풍경이다. 스코그스키르코가르덴은 그 이름처럼 하나의 공원이자 거대한 묘지다. 하늘로 쭉쭉 뻗은 키 큰 나무들 아래로 수많은 비석이 점점이 박혀 있다. 그 아래를 걷다 보면 마음이 경건해진다.

한국으로 돌아와서 소설을 쓰는 내내 묘지들이 눈앞에

아른거렸다. 시간이 지나자 여러 묘지가 하나로 합해졌다. 묘지들의 여러 조각이 하나로 합해지더니 세상에서 유일한 묘지가 만들어졌다. 내 머릿속에서 살던 좀비들을 그곳에다 두고 온 기분이었다. 키 큰 나무의 그림자가 길어질 때쯤, 어둑어둑한 묘지 사이에서 좀비들이 나타난다. 그들은 살아 있는 자들도 아니고 죽은 자들도 아니다. 나는 머릿속 묘지에서 살고 있는 좀비들에게 이름을 하나씩 붙여주었다. 그들의 죽음에 대해 생각했고, 나의 삶에 대해 생각했다. 의외로 삶과 죽음은 멀리 떨어져 있지 않았다. 나는 시간이 날 때마다 내 머릿속 묘지로 산책을 떠난다. 그곳에 가면 삶과 죽음이 더해진 공원이 있다.

행복을 찾는 일이 우리 삶을 지배한다면,
여행은 그 일의 역동성을 그 열의에서부터
역설에 이르기까지 그 어떤 활동보다
풍부하게 드러내 준다.

알랭 드 보통

나희덕

1966년 충남 논산에서 태어나 연세대학교 국문학과 및 동대학원 졸업. 1989년 중앙일보 신춘문예로 등단. 따뜻하게 삶을 성찰하는 시인으로 시집 《뿌리에게》, 《그 말이 잎을 물들였다》, 《그곳이 멀지 않다》, 《어두워진다는 것》, 《사라진 손바닥》, 《야생사과》, 산문집 《반통의 물》, 《보랏빛은 어디에서 오는가》, 시선집 《아침의 노래 저녁의 시》, 《유리병 편지》 등을 출간. 김수영문학상, 김달진문학상, 오늘의 젊은 예술가상, 현대문학상, 이산문학상, 소월시문학상, 지훈상 등 수상. 현재 조선대학교 문예창작학과 교수로 재직 중.

시카고의 빛과 어둠

1.

갑자기 내린 폭우로 시카고 오헤어 국제공항은 폐쇄되었고, 저녁 6시 도착 예정인 비행기는 시카고 변두리의 록퍼드 공항에 비상착륙을 해야 했다. 그런데 놀라운 것은 기내 방송을 듣고 난 사람들의 반응이었다. 불평이나 항의를 하는 사람 하나 없이 다들 태연하게 앉아 있는 게 아닌가. 식사가 나오지 않는 국내선이라 점심과 저녁을 거른 상태인데도, 사람들은 마음의 여유를 가지려는 듯 웃으며 대화를 나누거나 책을 읽거나 음악을 듣고 있었다. 나는 한국에서 이런 일이 벌어졌다면 어땠을까 상상해 보았다.

비행기 안에 2시간 이상 갇혀 있다가 시카고 공항에 도착한 것은 밤 9시가 넘어서였다. 공항에 마중 나온 경숙아줌마 부부와 늦은 저녁을 먹고 아줌마네 집으로 향했다. 유례없는 폭우로 도시 곳곳에서 정전 상태가 계속되고 있었다. 신호등이나 가로등이 꺼져 있고, 정전으로 문을 닫은 상점들도 적지 않았다. 시카고에서 이런 정전은 수십 년 만에 처음 있는 일이라고 했다.

촛불을 밝혀 놓은 집에 도착해 우리는 다소 불편한 낭만을 즐겼다. 특별한 손님이 온다고 시카고가 요란하게도 환영 인사를 한다며 아줌마는 웃었고, 나는 어둡고 고즈넉한

시카고에서의 첫 밤이 마음에 들었다. 그 조도照度를 낮춘 도시의 얼굴이 내 마음에 자리 잡고 있던 미국의 자본주의적 이미지를 얼마간 누그러뜨려 주는 것 같았다. 아줌마는 예쁜 향초를 침대 머리맡에 놓아주었다. 은은한 불빛을 받아 꽃무늬가 패치워크된 흰 침대 커버가 정갈하게 빛났다.

2.

장거리 비행의 여독 탓인지 아침 늦게야 잠에서 깼다. 아줌마와 나는 집에서 그리 멀지 않은 공원으로 산책을 나갔다. 규모가 너무 커서 2시간 이상 걸었는데도 공원의 일부밖에 둘러보지 못했다. 자연스럽게 이어지는 숲길 사이에는 나라별로 다양한 정원이 조성되어 있었다. 비온 뒤라서 허브 향기가 유난히 싱그러웠다. 연못가에 앉아 대화를 나누는 가족들, 나무 그늘이 드리운 벤치에서 책을 읽는 사

람들을 바라보며 삶의 평화란 저런 게 아닐까 하는 생각이 들었다. 그 자리에 잠시 노파가 된 나를 앉혀 보았다. 먼 훗일 나도 저런 여유와 평화를 누릴 수 있을까, 생각하는데 문득 빗방울이 얼굴 위로 떨어졌다.

아줌마 가족이 시카고로 이민 온 후 벌써 30년이 넘는 세월이 흘렀다. 그러나 그 시간적 공간적 거리에도 불구하고 우리는 친자매처럼 오순도순 살아온 얘기를 나누었다. 아줌마가 고등학생이었던 시절, 그녀는 다섯 살인 나에게 하루에도 몇 번씩 이렇게 묻곤 했다. "세상에서 누가 제일 예쁘지?" 마치 거울을 향해 주문을 외우는 왕비처럼 그녀가 물으면, 나는 언제나 "경숙아줌마가 제일 예뻐요."라고 대답했다. 작은 엄지손가락을 세우고 얼굴이 빨개질 정도로 '제일'이라는 말에 힘을 주면서 말이다.

나에게도 그녀에게도 그 즐거운 습관은 기억에 오래 남

아 있어서 서로의 친밀감을 유지시켜 주는 듯했다. 아줌마
는 50대 중반의 나이에도 소녀처럼 천진하고 명랑했다. 그
러나 그녀는 더 이상 나에게 "세상에서 누가 제일 예쁘지?"
라고 묻지는 않았다. 그녀 앞에는 이미 다섯 살의 꼬마가 아
니라 마흔이 넘은 중년의 여자가 서 있었으니까.

오후에는 올드 타운의 예쁜 찻집에 들어갔는데, 한쪽 벽
면 가득히 꽃장식이 달린 밀짚모자들이 걸려 있었다. 우리는
밀짚모자를 하나씩 골라 쓰고 티타임을 가졌다. 테이블마다
커다란 밀짚모자를 쓰고 앉아 있는 사람들의 모습이 무슨 동
화 속 나라의 주인공들 같았다. 중년의 웨이트리스가 꽃병에
꽂혀 있던 흰 장미 한 다발을 우리에게 선물로 주었다.

집에 돌아와 꽃을 꽂고 촛불을 켜고 아줌마는 구운 생선
과 새우를 식탁에 차려 놓았다. 만일 그 식탁에 전등이 환
하게 밝혀졌다면 우리는 적나라하게 드러난 서로의 모습에

낮설어했을지 모른다. 그리고 표정 속에 숨겨야 할 어색함이 좀 더 많았을지도 모른다. 다행히(?) 그날 밤 역시 전기가 들어오지 않았다. 30년이라는 세월의 흔적과 거리를 어둠이 적당히 메워 주고 있었다. 그래서 우리는 촛불이 만들어 주는 추억의 공간 속에 좀 더 머물러 있을 수 있었다.

3.

공교롭게도 내가 한국을 떠나기 전날이 에너지의 날이어서 밤 9시부터 5분간 전국 곳곳에서 소등을 하는 캠페인이 있었다. '불을 끄고 별을 켜다'라는 슬로건처럼, 하루에 5분이라도 전등을 끄고 에너지의 소중함을 느껴 보자는 것이다. 원래 캔들 나이트 candle night 는 미국의 '어둠의 물결'이라는 운동에서 시작된 것이라고 한다. 정기적으로 플러그를 뽑고 촛불을 켜서 삶의 여유를 되찾고 지구온난화

를 방지하자는 운동이다. 이 운동은 남산 서울타워와 일본의 도쿄타워의 전등을 동시에 끄는 한일 공동 캔들 나이트 축제로 이어졌다.

그런데 바로 그 다음 날 미국의 도시에 와서 캠페인이 아니라 실제로 캔들 나이트를 경험하게 된 것이다. 정전된 시카고를 통해 나는 문명의 뒤편에 잠시 다녀온 느낌이었다. 한나절의 폭우로 며칠씩 대도시가 마비될 수 있다는 것을 자연은 경고하고 있었다. 만일 정전이 더 오래 더 폭넓게 계속되었다면, 아마 촛불 아래서의 따뜻한 낭만과 여유도 공포와 짜증으로 변할 수밖에 없을 것이다. 그러나 이틀 정도의 정전은 즐겁게 누릴 만한 것이었고, 적당한 어둠은 이렇게 충고하는 것 같았다. 더 자주 불을 끄고 촛불을 켜라고, 그리고 저 하늘의 별을 바라보라고.

4.

그 후로 한 달 뒤쯤 다시 시카고에 가게 되었다. 아이오
와 국제창작프로그램에 참여한 외국 작가들과 함께 단기
여행을 간 것이다. 저녁마다 우리는 시카고의 꽤 유명한 재
즈 바를 순례했다. 예전의 명성만은 못하지만 오래된 밴드
들의 연주 수준이나 분위기는 괜찮은 편이었다. 한쪽 무대
의 연주가 끝나면 사람들은 술잔을 들고 다른 무대로 가서
연주를 듣고 흥이 나면 무대 앞으로 나가 춤을 추기도 했
다. 담배 연기 속에 뒤섞인 채 정신없이 몸을 흔들어 대는
사람들에게 나이, 성별, 국가, 인종 등의 차이는 그리 중요
해 보이지 않았다. 모처럼 자유를 만끽할 수 있는 기회였지
만, 스스로 몸치라고 여기며 살아온 나는 구석에 앉아 술잔
만 기울일 뿐이었다.

그런데 무대 앞에서 춤을 추는 사람들 중에 유난히 시

선을 끄는 사람이 있었다. 그는 건장한 체격에 온화한 표정을 지닌 백인 남자였는데, 휠체어에 앉아 누구보다 열정적으로 춤을 추고 있었다. 전동 휠체어의 두 바퀴가 굳어 버린 그의 다리를 대신해서 앞으로, 뒤로, 옆으로, 분주하게 움직였다. 자세히 보니 움직이는 것은 휠체어만이 아니었다. 감각이 남아 있는 그의 육체 전체가 살아 있다고 외치듯 절박하게 꿈틀거리고 있었다. 이따금 춤을 청하는 사람들을 향해 그는 두 팔을 활짝 뻗어 올렸다. 그의 눈, 코, 입술, 이마, 머리카락, 모든 것이 들썩거리며 그를 표현하는 도구가 되어 주고 있었다. 춤추는 그의 표정은 마치 날고 있는 것처럼 행복해 보였다.

그의 행복에 나도 모르게 전염된 것일까. 멀리서 그를 흥미롭게 관찰하던 나는 갑자기 자리에서 일어나 무대 앞으로 나갔다. 내가 그를 향해 두 손을 건네자, 그는 동양에서 온 낯선 여자를 반갑게 맞이하며 함께 춤을 추었다. 휠체어 바퀴가 움직이면서 우리가 맞잡은 두 팔은 가까워졌다 멀어졌다 자연스럽게 움직였다. 그때마다 그의 표정은 아주 먼 곳까지 날아갔다 돌아오곤 했다. 중고등학교 무용 시간 외에는 거의 춤을 춰 본 적 없는 내가 낯선 나라에서 이름도 모르는 사람과 그토록 열정적으로 춤을 추게 될 줄이야……. 내 속에 잠들어 있던 또 다른 얼굴을 발견하는 순간이었다.

온몸이 땀에 젖을 정도로 춤을 추는 동안 알 수 없는 해방감이 차올랐다. 우리의 춤 속에서 그는 더 이상 다리가 묶여 있는 장애인이 아니었다. 마치 움직이지 못하는 두 다리가 팽이의 중심처럼 꼿꼿하게 서서 그의 몸을 팽이처럼 쉴 새 없이 돌리고 있는 것 같았다. 내부의 생명력에서 나오는 한 줄기 빛이 휠체어 위의 그에게 아름다운 후광을 드리우고 있었다.

5.

한국에 돌아온 후에도 이따금 그와 춤추던 기억을 즐겁
게 떠올리곤 한다. 건조하고 무미한 일상에 지쳐 갈 때마다
그와 춤을 추면서 깨어나던 생의 감각을 되찾고 싶다는 생
각이 든다. 영화 〈쉘 위 댄스 Shall we dance?〉에서 일과 가정
밖에 모르던 한 샐러리맨이 퇴근길에 길 건너편 댄스스쿨
유리창 너머로 우연히 한 여자를 발견하고 저녁마다 그 창
문을 바라보았던 것처럼. 거리에 혼자 서서 그 추억을 기웃
거리며 무거운 발을 몇 발짝 움직여 보곤 한다.

그는 영혼의 자유를 가르쳐 준 스승으로 지금도 내 속에
서 휠체어 바퀴를 돌리고 있다. 몸의 장애가 없어도 마음을
꽁꽁 묶어 두고 있는 한 장애인이나 다를 바 없다는 것을 나

는 그를 통해 배웠다. 그리고 장애가 있어도 남아 있는 몸을 통해 아름다움을 느끼고 표현할 수 있다면 그는 자유인이라는 것도. "당신의 얼굴에 햇살이 비치도록 하세요. 그러면 그림자는 보이지 않을 것입니다."라는 헬렌켈러의 말처럼, 춤을 추는 동안 그에게서는 어떤 그림자도 읽어 낼 수 없었다. 어둠 속에서 그의 춤은 강렬한 빛으로 남아 있다.

이런 특별한 기억들로 시카고는 내가 가장 사랑하게 된 도시 중 하나가 되었다. 물론 시카고는 다운타운의 존 핸콕 타워나 시어즈 빌딩에서 바라보는 화려한 야경으로 더 유명하다. 100층 가까운 높이에 전면이 유리로 된 스카이라운지에 앉아 있으면 그야말로 문명의 첨단에 서 있다는 느낌이 든다. 하지만 시카고는 나에게 그 화려한 네온사인보다는 정전된 도시의 따뜻한 촛불이나 장애를 지닌 사람의 뜨거운 춤으로 기억된다. 그래서 내가 기억하는, 또는 기억하고 싶어 하는 시카고의 빛과 어둠은 다른 이들이 발견한 시카고의 얼굴과는 사뭇 다른 것일지도 모르겠다.

나는 여행해야만 했고,
내 머릿속에 쌓인 매혹을
흩트려 버려야만 했다.

랭보

박성원

소설가. 작품집으로 《이상 이상 이상》, 《나를 훔쳐라》, 《우리는 달려간다》, 《도시는 무엇
으로 이루어지는가》 등을 출간. 오늘의 젊은 예술가상, 현대문학상 등을 수상. 현재 동국
대학교 문예창작학과 교수로 재직 중.

제주, 익숙하지만 낯선

"이 세상에서 가장 불결한 여행이 무엇인지 알아?"

비행기 안에서 그녀가 물었다. 불길한 여행도 아니고 불결한 여행이라니. 내 머릿속에는 많은 단어들이 기류를 만나 흔들리는 작은 비행기처럼 흔들리며 떠돌았다. 후진국. 내전. 전염병. 풍토병.

"글쎄."

"그건 말이야, 마음속에 욕망이나 목표가 있는 여행이야."

그러니까 그녀의 뜻은 이러했다. 어떠한 목적의식을 가지고 여행을 한다면 목적을 이룰 순 있어도 그보다 더 큰 것들을 잃을 수 있다는 것이다. 목적지에 더 빨리 도착하기 위해서 수없이 많은 갈림길을 놓친다는 점. 목표만 쫓다 보면 목표 외에는 눈에 들어오지 않는다는 점. 그렇기에 그녀는 성지순례 같은 여행을 가장 혐오한다고 말했다.

"이스라엘에 가서 기독 문화에 대한 성지순례를 한다고 해. 과연 그들의 눈에 바로 곁에 있는 이슬람 문화가 들어올까?"

맞는 말이다. 하지만 나는 그녀의 말에 고개를 끄덕여 주지 않았다.

나는 고등학교를 졸업하면서부터 많은 여행을 다녔다. 많은 것을 성취한 그녀로서는 자신감이 있기 때문에 목적 없는 여행에 대해 쉽게 말할 수 있을 것이다. 하지만 나처럼 그 어떠한 목적의식도 없이 살아온 사람에게 있어선 목표가 뚜렷한 사람은 늘 부러움의 대상이었다. 정답을 알고 싶어 마냥 떠도는 삶. 나는 그런 삶을 꿈꾸며 고등학생 시절을 보냈다. 그리고 졸업을 하고 얼마 지나지 않아 간단한 짐을 들고 떠나기 시작한 것이다.

여비가 필요하면 갖은 일을 다 했다. 수박 과수원에서 하루 종일 외발 수레로 수박을 나르기도 했고, 양계장에선 마스크도 착용하지 않고 며칠씩 닭똥을 치우기도 했다. 태백에 갔을 때는 탄광촌에 들어가고 싶었지만 체력 심사에서 떨어져 탄광촌 부근만 배회하다 돌아오기도 했다. 가장 오래 했던 일은 안경테를 만드는 공장에서 프레스로 금도금 입힌 안경테를 자르는 일이었다. 야근까지 신청하여 아침부터 밤까지 마치 무한하게 반복될 것만 같은 단순노동을 반복하고 나면 몸이 무거워지는 것이 아니라 오히려 가벼워졌다. 자취방에 누우면 딱딱한 바닥은 금세 구름이 되었고, 내 몸 안에는 수소 가스가 가득하여 붕붕 떠다니는 것만 같았다.

안경 공장에 다니면서 내 또래의 젊은 친구를 사귀었는데, 공장에 다니는 동안 그 친구의 자취방에서 함께 머물렀다. 그 친구는 일종의 전문 산악인이었다. 그 친구는 돈을 모아 에베레스트에 오르고 싶어 했다. 그때까지 에베레스트에도 입장료가 있는지조차 모르고 있던 나로서는 그가 말하는 산 이야기가 무척 재미있었다. 그는 방 안의 벽에다 산 사진과 등산 장비 사진을 잔뜩 붙여 놓았는데, 산에 대해 전혀 무지한 내가 보아도 반할 만한 멋진 사진들이었다. 그 친구의 방에서 잘 때면 히말라야에 오르는 꿈을 자주 꾸었는데, 정상을 바라보며 오르고 있으면 산을 오르는 것이 아니라 마치 하늘을 오르고 있는 것 같았다. 펄럭이는 바람 소리와 눈썹 위에 달라붙어 있는 고드름, 거친 호흡을 할 때마다 뱉어지는 숨결, 그리고 막연한 공포감이 뒤범벅되어 꿈속에 달라붙어 있었다.

"8,000미터가 넘으면 고체로 된 음식을 먹을 수 없어. 추위와 산소 부족으로 하루에 4리터 가까운 물을 마셔야만 해. 물론 꿀이나 비타민을 듬뿍 넣어서 말이야."

그 친군 잠들기 전에 항상 에베레스트 등반에 관한 이야기를 들려주었다. 그 친구의 말을 듣고 있으면 좁은 자취방은 이내 고산지대에 친 텐트로 변했고, 거리에서 거칠게 다니는 트럭의 소리가 빙벽을 가르고 달려오는 바람 소리 같았다.

내가 그를 부러워한 것은 다른 게 아니라 그가 가지고 있는 목적 때문이었다. 그에겐 뚜렷한 목표가 있었다. 그러나 나에겐 그 어떠한 목표나 목적도 없었고, 하다못해 무엇을 해야 할지 갈피조차 잡을 수 없었다. 모든 게 정답이자 오답인 것 같았고, 문제에 가까이 가면 갈수록 답은 더욱 더 멀어지고 있는 것 같았다.

그런 세월은 줄곧 이어졌다. 운 좋게 소설가가 되었지

만 글쓰기는 지지부진했고, 내 삶은 술에 절어 더욱 나태해지고 있었다. 그런 삶을 벗어나기 위해 돈을 모으고 여행 준비를 했다. 유럽 배낭여행에서부터 전국 일주까지. 그러나 갈증에서 벗어나기 위해 바닷물을 마신 사람처럼 여행에서 다녀온 다음 날이면 나는 더더욱 심한 갈증에 시달렸다. 희망은 무뚝뚝한 표정을 지은 채 나를 외면했고 나는 절망과 술 그리고 다시 술과 절망의 나날을 반복했다.

"그거 알아? 희망은 원래 무뚝뚝하다는걸?"

그녀가 그렇게 말했고 비행기는 제주 공항에 곧 착륙했다. 그녀와 나는 안전벨트를 두른 뒤 의자를 일으켰다. 희망이 왜 무뚝뚝한 것인지 묻고 싶었지만 귀가 멍해 나는 마른침만 삼켰다.

나는 국내 여행지 중에 제주도를 가장 많이 찾아갔다. 제주도를 처음으로 가 봐야겠다고 마음먹었을 때는 동거를 하던 함민복 시인이 강화도로 가서 독립해 살 때였다.

강화도 여행길에 우연히 들린 나는 그와 함께 해가 지는 서해를 바라보며 술을 마셨다. 그와 나는 예전부터 바다를 좋아했다. 둘 다 태어난 곳이 내륙 지방이어서 바다라는 거대함을 동경한 탓도 있었다. 방향을 몰라 길 위를 떠돈 삶이 내 삶이라면 그는 길 위에서 산 삶이었다. 경운기 소리에 아카시아 꽃향기가 지워지는 길에서 그는 어린 시절을 보냈으며, 등록금을 내지 못해 중학교 시절을 개울이나 강가에서 물고기를 잡으며 보냈다. 고등학교 때부터 정든 고향을 떠나 수많은 다른 길을 보기도 했다. 길에서 생각들을 줍기도 했고 많은 상처들을 길에 흘러 보내기도 했다. 1987년 민주화운동 때에도 그는 길에 서 있었다. 길 위에서 시를 쓰기도 했고 술에 대취한 날에는 길에서 깜빡 잠들기도 했다. 집이 없어 한때는 많은 길을 통해 옮겨 다니기도 했다. 그런 그가 강화도에 정착했다니. 나는 "형은 이제 더 이상 길을 보지 않아도 되겠네요." 하고 물었다.

"나도 처음엔 그렇게 생각했지. 평생 길 위에서 생을 보냈으니 이제 더 이상 길이 없는 바다로 왔구나, 하고 말이야. 그러나 여기엔 또 다른 길이 있다. 바로 뱃길이다. 뱃길은 아무리 다녀도 다져지지 않는다."

그는 바닷길이야말로 진정한 길이라고 말했다. 굳은살 하나 없는 말랑말랑한 생살로 된 길이라고도 했다. 먼지가 나지 않는 길. 물고기를 잡으려 물고기를 쫓아다니는 길이니 물고기가 만들어 준 길이기도 하다고도 했다. 사람이 만든 이때까지의 길과는 다르다는 것이었다. 그때까지만 해도 이해는 되었지만 가슴에 와 닿지는 않았다.

함민복 시인과 헤어지고 얼마 지나지 않아 나는 잠시 부산에 머물렀다. 광안리나 해운대에 가서 잠시 바다만 보자고 했던 것이 그만 제주도로 가는 배에까지 승선하게 된 것이었다. 제주도로 가는 내내 나를 사로잡은 것은 거대한 바다가 아니었다. 배가 만드는 길이었다. 그러나 그 길은 배가 지나가면 금세 온데간데없이 사라졌다. 나는 생겼다가 사라지는 길을 얼마나 바라보았는지 모른다. 인위적인 것들. 인간들을 위한 것들은 모두 흔적을 남긴다. 그리고 그 흔적들은 인간들에겐 이로울지 모르나 자연은 그만큼 빼앗기게 되는 것이고 아픈 것이 된다. 그러나 바다 위의 길은 기계와 거대한 모터와 스크류가 짓이기며 지나가도 마치 아무 일도 없었다는 듯이, 그 정도는 광대한 바다의 세상에서 먼지도 되지 않는다는 듯이 금세 아물었다.

제주도 여행은 그렇게 시작되었다. 무엇이 나를 자꾸만 제주도로 이끈 것일까? 공항을 빠져나오면 낮은 야자수들이 흔들거리는 이국적인 모양새 때문일 수도 있을 것이다. 남태평양의 모아이나 영국의 스톤헨지처럼 전설과 신비를 가진 돌하르방 때문이거나 주상절리, 짙푸른 바다, 외국어 같은 언어 때문일지도 모른다. 그러나 무엇보다도 낮은 풍경이 나는 좋았다. 언젠가 자전거를 타고 제주 일대를 돌아다니면서 내가 느낀 것은 익숙하지만 낯선 풍경들이었다. 그러나 무엇이 낯선지는 알 수 없었다. 그러다가 깨달은 것은 낮은 풍경들이었다. 한라산이나 몇몇 오름을 제외하면 제주도는 한국에서 유일하게 광활한 평지를 이루고 있다. 건물과 네온사인에 갇힌 도시에서는 도저히 볼 수 없는 수평적 깊이가 가득하다. 흔하게 산을 볼 수 있는 내륙과는 달리 제주도의 지상은 바다를 닮아 있다. 내가 제주를 가장 사랑하는 이유는 바로 그것이었다. 도시가 가진 높이, 사람들이 만들어 놓은 벽을 제주도에선 잘 찾을 수 없다. 나를 힘들게 하고 지치게 만드는 것 역시 높이와 벽이다. 지칠 때면 나는 제주에서 며칠 혹은 몇 달을 보내고 도시로 돌아왔다. 무작정. 아무런 계획도 없이. 그렇게.

그녀와 제주도 여행을 가게 된 것도 계획엔 없던 일이었다. 그녀의 제주도 여행은 조금 남다른 것이 있었다. 그녀는 제주도의 유명 관광지들을 탐탁지 않게 생각했다. 금

릉해수욕장만 하더라도 2000년대 초반까지 그곳 주민들만 아는 최고의 바닷가 중의 하나였다. 물론 나 또한 가장 아끼는 바다였다. 그러나 인터넷을 타고 슬렁슬렁 알려지더니 제대로 된 이정표도 없이 금세 유명해져, 초짜 여행객들을 위한 여행 안내서에까지 필수 코스로 등장했다. 그녀는 그런 사정을 잘 아는지 시내버스와 시외버스로만 여행을 다니자고 했다.

공항에서 100번 버스를 타고 시외버스 터미널까지 갔다. 거기서 다시 무작정 버스를 탔다. 버스를 타기 전에 버스에 붙어 있는 지명과 행선지를 봤지만 제주를 십여 회 이상 여행한 나로서도 생소한 지명들이었다. 1136번 도로를 따라 고성리, 상가리까지 가는 버스였다. 고성리만 하더라도 경북과 강원도 등에서 흔하게 볼 수 있는 지명일 것이다. 그러나 경북의 고성과 강원도에 있는 고성이 서로 다르듯이 제주에 있는 고성리도 다르다. 익숙하지만 낯선 것들

이다. 창문을 통해 다가오는 익숙하지만 어딘가 모르게 낯선 풍경들. 어릴 때나 혹은 꿈에서 본 듯한 풍경들. 스쳐 지나가는 사람들. 이름 모를 나무들.

그녀와 나는 아무 곳에서 내렸다. 잡화를 파는 가게가 정류장을 겸하고 있는 곳이었다. 어디선가 개 한 마리가 불쑥 고개를 내밀고는 사라졌다. 우리는 길을 따라 걸었다. 낮은 담을 통해 집 안이 보였다. 해녀였을 법한 할머니 한 분이 마루에서 채소를 다듬고 있었다. 키가 제법 큰 할아버지는 마당에서 한치를 말리고 있었다. 긴 빨랫줄에 일렬로 한치들이 널려 있고 할아버지의 입에선 담배 연기가 피어올랐다. 우리들이 한동안 바라보자 할아버지가 멋쩍은 미소를 지었다.

"어디로 갈까?"

이정표 아래에서 내가 묻자 그녀는 밥부터 먹자고 했다. 우리는 지도를 보고 바닷가 방향으로 발길을 돌렸다.

걸어가면 걸어갈수록 바다 냄새가 났다. 옹포리까지 아마 두어 시간은 걸었을 것이다.

"어때? 유명 관광지가 아니어서 심심해?"

그녀가 물었다. 나는 장난으로 그렇다고 했다. 하지만 그녀는 여기야말로 매우 특별한 곳이라고 했다. 내가 왜 그런지 묻자 그녀는 말했다.

"이런 곳이야말로 제주 바다의 낱말들이 곳곳에 묻어 있잖아. 호텔이나 유명 관광지는 도시와 다를 바가 없잖아."

그렇군. 나는 고개를 끄덕였다. 그녀의 말처럼 길가에 핀 꽃이나 담벼락 하나에도 제주 바다만의 낱말들이 묻어 있었다.

두어 시간 걸어 우리가 찾은 식당은 관광객들을 상대로 영업하는 게 아니라 주민들을 대상으로 하는 허름한 식당이었다. 우리는 제주도 흑돼지 구이를 시켰는데 쌈장이 아닌 멸치젓에 찍어 먹는 것이었다. 멸치젓에선 여느 젓갈처럼 짭짤하면서도 개운한 맛이 풍겼다. 걸어가면 바닷가까지 20여 분이면 충분할 것 같아서 숙소를 잡기로 했다. 그러나 관광지가 아니어서 인근에 숙소는 없었다. 우리 사정을 알았는지 식당 아주머니가 자기네 집에 빈 방이 하나 있다고 했다. 돼지구이 2인분 값보다 싸게 방을 얻었다. 작은 창문을 열면 멀리 바다가 보이기까지 했다. 멀리 보이는 밤바다는 도서관처럼 조용했다. 식사를 마친 뒤 우리는 바닷가까지 산책을 했다. 모래사장은 없었지만 작은 배가 몇 척 정박해 있었다. 배의 주인은 저 배로 자식들을 성장시켰을 것이다. 배는 주인과 함께 몇 번이나 풍랑을 만났을 테고, 몇 번이나 아팠을 테고 또 몇 번이나 만선의 기쁨을 누렸을 것이다. 지금 무뚝뚝한 표정으로 쉬고 있는 저 배는 누군가에게는 절대적인 희망일 것이다.

산책을 마치고 방으로 들어오니 주인아주머니가 라디

오를 가져다주었다.

"안테나가 없어 이 방엔 텔레비전이 나오지 않네. 도시 사람들 하루 자는데 심심해서 어째?"

그러나 주인아주머니의 걱정과 달리 약간의 잡음이 섞인 라디오는 전혀 심심하지 않았다. 잊고 있었던 음악을 들으며 우리는 맥주와 옥돔구이를 먹었다. 머릿속에선 최성원의 '제주도 푸른 밤'이 떠나질 않았다.

"밖에 나가 봐."

화장실에 다녀온 그녀가 내 손을 잡아당겼다. 그녀가 데려간 곳에서 하늘을 올려 보자 별이, 정말 많고 밝은 별이 쏟아질 듯 박혀 있었다.

"저거, 컴퓨터 그래픽 아니지?"

도시의 불빛이나 화려한 기술에만 익숙한 내 입에선 그런 말이 불쑥 튀어나왔다.

"난 베스트셀러보다 꼭꼭 숨어 있는 좋은 책을 발견할

때, 난 그게 좋더라."

어둠 속에서 그녀가 웃는 게 희미하게 보였다.

우리는 여행을 통해 자신을 본다.
세상과 마주 서는 법을 배우는 자신을,
일말의 두려움을 떨쳐 버리기 위해
눈을 부릅뜨는 자신을, 그렇게 세상과 마주쳐서
부릅뜬 눈으로 바라본 세상의 풍경을
자기만의 가슴으로 담아내려는 자신을.

체 게바라

성석제

1960년 경북 상주에서 태어나 연세대학교 법학과 졸업. 1994년 소설집《그곳에는 어처구니들이 산다》를 간행하면서 소설을 쓰기 시작. 소설집으로《내 인생의 마지막 4.5초》,《재미나는 인생》,《번쩍하는 황홀한 순간》,《황만근은 이렇게 말했다》, 장편소설로《아름다운 날들》,《도망자 이치도》,《인간의 힘》 등을 출간. 산문집으로《즐겁게 춤을 추다가》,《소풍》,《유쾌한 발견》,《농담하는 카메라》 등을 출간.

라오스의 보물

라오스에 다녀왔다. 6박 8일의 짧은 일정이었지만 모든 게 마음에 들었다.

1인당 국민소득이 600달러 정도에 불과한 라오스는 세계에서 가장 가난한 나라 중 하나다. 라오스에서 나오는 농산물 대부분은 유기농으로 재배된다. 농약이나 화학비료를 생산하는 공장이 아예 없어서라고 한다.

라오스는 그다지 볼 만한 문화 유적이 없다. 1970년대에 베트남과 전쟁을 벌이고 있던 미군이 인접해 있던 라오스에 300만 톤의 TNT에 해당하는 폭탄을 쏟아부었기 때문이다.

라오스의 대표적인 관광지 가운데 하나인 방비엥에는

라오스에 간 외국인 관광객들 대부분이 체험하는 동굴 탐험과 카약킹이 있다. 물이 흘러나오는 동굴 속으로 때로는 배를 깔고 무릎으로 기어가며 꼬불꼬불 들어가야 하는 경험은 재미있긴 하지만 세계 다른 동굴 어디라도 하자면 못할 게 없는 일이다. 구명조끼를 입고 튜브를 타거나 카약을 타고 노를 저어서 강 하류로 유유히 떠내려가는 일 역시 세계 어느 곳인들 못할 일은 아니다.

라오스에서 가장 많은 외국인 관광객이 모여드는 루앙프라방 서쪽에 있는 쾅시 폭포를 구경하는 것도 마찬가지다. 우리나라에도 그 폭포보다 볼만 한 데가 많다. 수도인 비엔티안에서 방비엥까지 4시간, 방비엥에서 루앙프라방까지 8시간 동안 발을 제대로 뻗을 수도 없는 좁아터진 고물 버스를 타고 고행에 가까운 생고생을 감수하고 찾아갈 만큼 빼어난 풍광은 아니라는 말이다. 배를 타고 메콩 강의 노을을 구경하거나 야시장에서 수공 민예품을 사는 것이 즐겁기는 하지만 그렇게 압도적인 매력이 있는 것도 아니다.

루앙프라방은 1950년대에 유네스코 세계문화유산으로 등록되었다. 라오스를 식민지로 삼은 프랑스의 관리나 이주해 온 프랑스인들이 제국주의 시대의 건축양식을 보여주는 가로와 집을 건설했다. 대부분의 건물이 2층 미만이고 지금도 재건축이나 개축에 제한을 받고 있다. 어떤 게스트하우스는 그 집이 'Colonial style식민지풍 양식'임을 내세우기도 했다. 어떻든 관광객들 중 상당수는 그 제국주의자의 후손들이니까 친근감을 느낄 수도 있을 것 같았다. 결론적으로 라오스 자체가 자랑하는 문화유산, 명승은 많지 않은 셈이다. 그런데도 외국인 관광객들이 라오스로 몰려

든다. 왜 그럴까. 나는 왜 간 것일까.

라오스는 물가가 쌌다. 수도 비엔티안에 도착한 날 유명한 음식점에서 그 음식점의 대표격인 월남쌈을 두 사람이 실컷 먹고 맥주를 네 병인가 주문했는데 합친 가격이 2만 원 정도였다. 걸어서 몇 분 만에 도착한 메콩 강 강변의 포장마차실제로 포장을 친 곳은 주방뿐이지만에서 기분좋게 취하도록 마시기까지 하고 5천 원쯤 냈다. 서울 같으면 10만 원 이하로는 불가능할 것이고 거기에 택시비까지 추가되면 1.5를 곱해야 총비용이 나온다. 그래서 라오스로 갔던가. 아니 가기 전까지는 그럴 줄 몰랐다. 돈이 돈값을 한다는 것을, 달러가 여전히 위력을 과시하고 있다는 것을 잘 몰랐다.

가난한 것처럼 보이는 라오스에는 엄청난 보물이 어디나 있었다. 첫 번째 보물은 사람이었다. 라오스에 사는 사람들이야말로 어떤 관광 상품보다 매력적이었다. 내가 탄 버스를 향해 손을 흔들던 여남은 살 먹은 아이들, 뒷골목을

걸어가던 내 앞에서 고무줄놀이를 하던 아이들, 티 없이 맑은 웃음과 선의, 그런 것들을 우리는 잃어버렸다. 기억을 잊어버리기까지 했다가 거기서 간신히 되살려 낼 수 있었다. 내가 라오스 사람들에게서 찾아낸 소중한 가치는 한때나 자신의 일부였던 것들이다. 가난했지만 행복했던 어린 시절, 선의와 호의, 무구함…… 그런 것을 찾아서 외국 사람들은 라오스로 모여든다. 아니, 거기서 내가 발견한 가장 위대한 가치는 그런 것이었다.

어미 닭이 병아리를 몰고 다니며 모이를 쪼고 있는 광경을 비롯해서 '이발소 그림'의 소재가 도처에 널려 있었다. 그 닭들, 옛날 우리나라의 마당에서도 종종거리며 걸어다녔을 그 작고 예쁜 종자는 정말 맛있었다. 하루도 빠지지 않고 닭이나 달걀을 넣고 조리한 음식을 먹었다. 먹으면서 아장아장 걸어가는 닭들을 향해 "미안하다, 너무 맛있어서 안 먹을 수가 없어!" 하고 외친 것도 여러 번이다. 개인적으로는 그것도 라오스의 보물이라고 생각한다.

어떤 외국인이 라오스 사람에게 말했다. "부지런히 일을 해서 돈을 벌어. 많이 벌라고." 라오스 사람이 반문했다. "돈을 벌면 뭘 하지?" "나처럼 여행도 하고 친구도 사귀고 마음에 맞는 사람들끼리 재미있게 놀고 맛있는 것도 먹고 할 수 있지." "그거? 지금도 하고 있는데?" 이러한 낙천성도 라오스의 보물이다.

어린 시절 어른들은 '기후가 따뜻하고 먹을 것이 많은 나라 사람들은 게을러서 발전이 없다.'는 말을 자주 했다. 그때 "그럼 시베리아에는 부자들만 사나요?"하고 묻지 못했던 건 내 지식과 주견이 빈곤해서였다. 언제 어디서나 사람들은 자신들에게 맞는 생활 방식대로 살아가게 마련이다. 남이 뭐라든 간에 행복은 스스로가 결정하는 것이다. 라오스에는 행복한 사람들이 산다. 행복, 그것도 라오스의 보물이다. 수출도 수입도, 공장에서 대량생산도 할 수 없고 달러를 주먹 가득 쥔 관광객들이 좀처럼 살 수 없는.

　인도차이나의 내륙 국가 라오스의 국민 대다수는 불교를 신봉하고 있다. 라오스의 남자들은 일생에 한 번은 출가를 하는 전통이 있고 한 번 출가하면 세 달 이상 불자로 사원 안에서 생활하게 된다고 한다. 수도인 비엔티안이나 관광지인 루앙프라방에서는 걸어서 10분 안에 사원을 만날 수 있을 정도다. 사원에서는 새벽마다 승려들이 행렬을 지어 탁발^{딱밧}에 나선다.

　보시를 하는 사람 대부분은 주민들이다. 출가한 승려들의 가족일 수도 있고 순수한 신심에서 이승과 내생의 지복을 기원하는 신도일 수도 있다. 그런데 라오스에서 가장 관광객이 많이 몰리는 루앙프라방의 경우는 좀 다르다. 보시를 하는 사람 가운데 관광객이 차지하는 비율이 다른 곳에 비해 압도적으로 높다. 루앙프라방에서 새벽의 탁발 행렬은 인기 관광 상품이라고 해도 좋을 정도로 사람이 많이 몰린다.

승려들이 탁발을 시작하기 전에 보시를 할 주민들과 관광객들은 인도에 자리를 깔고 앉는다. 공양할 밥은 대나무로 짠 길쭉한 원통에 담아 둔다. 과일과 과자, 연꽃을 보시하기도 한다. 주민들은 공양물을 집에서 준비해 오지만 관광객들은 구입을 하는 게 보통이다. 새벽부터 대나무통밥을 준비해 와서 파는 사람들이 있고 깔고 앉을 자리도 빌려준다. 먹지 못할 꽃을 파는 건 열서너 살 남짓 되는 여자아이들이 대부분이다.

그런데 관광객 천지인 루앙프라방에서는 승려들보다 보시를 하는 사람들이 훨씬 더 많다. 곧 공급이 수요를 초과해 버리는 것이다. 보시하는 사람들은 대나무통에 든 밥을 손가락으로 적당히 뭉쳐 승려들이 가지고 다니는 바리때에 넣게 되는데 탁발 행렬이 백 걸음도 가기 전에 바리때

가 가득 차게 마련이다. 그렇다고 보시를 하는 수많은 사람들이 내미는 손을 무시하거나 보시를 거절할 수도 없는 노릇이다.

가만히 보니 비닐봉지나 광주리를 들고 승려들을 따라 다니는 아이들이 있었다. 바리때가 찬 승려들은 바로 그 비닐봉지와 광주리에 공양물을 덜어 주었다. 보시하는 사람들이 앉은 자리에 빈 광주리가 있기도 했는데 승려들은 여기에도 공양물을 덜어 놓았다. 광주리가 차면 아이들이 가지고 갔다. 덜어 놓은 꽃도 아이들이 가져가서 재활용을 하는 게 보통이었다.

열을 지어 보시를 하는 관광객, 단체로 와서 사진을 찍는 사람들, 비닐봉지나 광주리를 들고 집으로 향해 가는 아이들, 공양물을 사라며 내미는 사람들, 보시 끝난 사람들이 찾는 국수집 등등으로 새벽 거리는 시장처럼 번잡했다. 곧 적선의 시장이라는 단어가 떠올랐다. 적선을 하는 집에는

반드시 경사가 있다는 문자도.

사원 안에는 공양간이 없기 때문에 승려들은 탁발을 통해 음식을 마련하게 되어 있다. 주민들은 관광객에게 탁발에 소용되는 물품을 팔아서 먹고산다. 관광객은 희망과 위안을 얻는다. 아이들은 승려가 탁발을 거절하는 일이 없도록 해 주고 집에 밥을 가지고 갈 수 있다. 그게 모두 자연스러웠다. 세속적이라거나 불순하다거나 하는 느낌은 별로 없었다. 두 손을 앞에 모으고 탁발을 한 승려의 보시를 기다리는 예닐곱 살 먹은 아이의 표정, 밥이 든 광주리를 들고 집으로 향하는 소녀의 뒷모습이 순수해 보여서 그랬는지도 모른다.

거기에는 적선을 구걸하는 거지가 없었다. 대신 그곳 나름의 질서가 있고 생활이 있었다. 그 바퀴가 탈 없이 돌아가는 것, 그 자체가 적선이 주는 경사로 보였다.

라오스 최대의 관광지인 루앙프라방 하고도 쾅시 폭포에 갔을 때 폭포로 향해 가는 숲 입구에 곰이 들어 있는 우리를 보았다. 곰들이 놀 수 있게 미끄럼틀이며 타이어로 만든 그네가 매달려 있기도 했다. 우리 바깥에는 곰에게 임의로 먹이를 주지 말라는 경고문과 함께 먹이를 사는 데 드는 돈을 기부하라는 안내문이 표지판에 적혀 있고 그와 함께 돈을 넣을 수 있는 통도 마련되어 있었다. 그 옆에 설치된 커다란 현수막에는 곰의 사진과 환경보호를 주창하는 표어처럼 보이는 영어 문장이 적혀 있었다. 별생각 없이 그 문장을 눈으로 훑었다. 이어 의미를 생각하며 폭포를 향해 숲길 안쪽으로 계속 들어갔다.

폭포는 아담하고 또 아름다웠다. 물은 차갑고 깨끗해 보였다. 화장실처럼 보이는 나무 건물이 있어서 보았더니 옷을 갈아입는 탈의실이었다. 자신도 들어가게 해 달라고 탈의실 나무 문을 두드리며 울고 있는 소녀가 있었고 수영

복으로 갈아입고 나오는 처녀, 수영복 차림으로 아기를 안고 가는 여자도 있었다. 폭포에 들어가서 수영을 하거나 요란스레 훤성을 질러가며 다이빙을 하고 있는 백인 젊은이들이 마음에 거슬리기는 했지만 못 견딜 정도는 아니었다.

고개를 들어 위를 보자 나뭇가지와 잎이 하늘을 캔버스 삼아 그려 내는 현란한 추상화가 눈을 사로잡았다. 아직 건기여서 그런지 우리나라 가을 하늘처럼 맑았다. 우리와는 다른 거대한 크기의 나무들, 그 나뭇가지 끝에서 춤을 추고 있는 섬세한 이파리들이 자꾸 무슨 문장을 만들어 떠먹여 주는 것 같았다. 가령 '힘은 가장 어둡고 뿌리 깊은 곳, 혹은 줄기에서 가장 먼 곳의 정밀함에서 나온다.' 같은.

폭포 위로 올라갔다가 내려오고 사진을 찍고 하느라 30여 분이 지났다. 슬슬 내려오는 중에 아까 현수막의 영어 문장을 다시 생각해 냈다. 그런데 그새 얼마나 지났다고 잘 생각이 나지 않는 것이었다. 머리를 쥐어뜯어 가며 간신히 복원한 문장은 이랬다.

'If you want anything, you must buy it.만약 당신이 뭔가를 원한다면 그걸 사야 한다.'

복원이 제대로 되었는지 확실하지 않았고 제대로 된 문장인지도 알 수 없었다. 어떻든 나는 새소리와 물소리의 합주를 들으며 걸어 내려오는 길에 그 문장을 이렇게 해석했다.

우리가 뭔가소유하기를 원한다면 반드시 그 대가를 치러야 한다. 야생에서 멀쩡하게 살아가고 있는 곰을 데려다가 사람들에게 보여 주고 자연보호 의식을 고취하려 한다면 곰에게 놀이 시설과 먹이를 주어야 한다. 돈을 기부함으로써 곰에게 먹이를 줄 수 있게 하는 행동은 소유혹은 소비하려면 대가를 치러야 한다는 세상의 이치를 체험할 수 있게 하는 과정이다.

그리고 보니 곰 우리에는 여러 가지 목적이 있는 것 같았다. 곰을 억지로 잡아다가 재주를 부리게 하는 것도 아니고 애완동물로 만들자는 것도 아니다. 자연에 가까운 곳에 두고 먹을 것을 줄 테니 미끄럼틀이나 그네를 타고 그냥 놀아라, 하는 것이다. 곰에게는 매일 먹을 것을 구하러 다니는 노고를 덜게 해 주고 사람들에게는 자연과 더 친해지는 기회를 제공한다. 곰들도 도시의 동물원에 갇혀 있는 것에 비해서는 스트레스를 훨씬 덜 받을 것이다. 이런 정도면 곰 우리를 만들어 놓은 이유가 논리적으로 재구성이 된 것 같기도 했다. 그럼에도 뭔가 께름한 것이 있어서 그것이 결국 다시 나를 현수막 앞으로 돌아가게 만들었다.

현수막에는 이런 글귀가 적혀 있었다.

'If you buy, Nature pays. 당신이 뭔가를 사면, 자연이 지불한다.'

어쩐지. 내 기억이 맞을 리가 없지. 일행이 이유를 궁금해 할 것을 알면서도 자꾸 웃음이 새어 나왔다.

명품이나 가지고 싶은 소유물이라고 할 만한 게 거의

없는 라오스에서 가장 소중한 것은 자연이다. 그리고 그 자연 속에서 자연과 더불어 자연스럽게 살아가는 사람이 천지지간 만물 중에 가장 귀하다. 내가 언제 어디서 무엇을 소유하고 소비하든 간에 그들이 이곳에서 그 대가를 지불하게 될 것이다.

예를 들어 보자. 이른바 G20 국가를 포함, 라오스보다 잘사는 나라들에서 오는 관광객들이 가지고 오는 돈은 달러가 대부분이다. 달러 당 라오스 화폐인 '킵kip'의 환율은 8천7백 원이다. 두 사람이 2만 킵으로 월남쌈야채, 돼지고기, 국수와 소스가 있어서 그렇게 이름을 붙였을 뿐 확실한 이름은 모른다. 으로 저녁 한 상 받아서 배터지게 먹고 그 유명한 라오 맥주Beer lao도 마실 수 있었다. 농약이나 화학비료를 생산하는 공장이 없어서 농산물은 거의 다 유기농이다. 라오스 사람 입장에서 보면 외화를 벌기 위해 말도 안 되는 싼가격에 유기농 음식과 서비스를 제공하고 있는 셈이다. 그게 내가 뭘 사면 이 나라 사람들이 지불하는 전형적인 예다. 물론 이건 내 방식의 해석이고 각자 그 문장을 자기 나름으로 해석하게 되겠지만.

영어 문장은 라오스 사람들이 보라고 써 붙인 것 같지는 않았다. 라오스보다 잘사는 나라에서 온 사람들, 의식주에 소용되는 것들을 자연이 지불한 것으로 만들어 쓰고 안락한 생활을 누리다 그것에도 싫증이 나서 관광을 하러 온 사람들이 보라고, 현수막에 문장이 적혀 있는 것이었다.

현수막, 곰 우리, 쾅시 폭포, 루앙프라방, 그리고 라오스. 이 동심원을 떠나고 나서도 그 문장의 의미를 되새기게 될까. 그건 몰라도 귀엽고 착하게 생긴 곰은 생각하게 될 것 같았다. 그게 곰을 거기에 데려다 둔 가장 큰 이유이리라.

행복한 여행의 가장 큰 준비물은
가벼운 마음이다.

생텍쥐페리

신이현

1964년 경북 청도에서 태어나 계명대학교 불문학과 졸업. 1994년 장편소설《숨어있기
좋은 방》을 발표하며 문단에 데뷔. 인간사에 대한 애정 어린 시선으로 장편소설《갈매기
호텔》,《내가 가장 예뻤을 때》등을 출간.

오후 4시 반에 비가 내리는 도시,
프놈펜

저기 저 도시 이름이 뭐라고 그랬지? 비행기는 하강을 시작했고 눈앞에 붉은색 지붕들이 커다랗게 모습을 드러냈을 때 나는 또다시 묻는다. 도대체 이 도시 이름은 머릿속에 들어오지가 않는단 말이야. 프놈펜, 몇 시간 전까지 런던과 로마를 이웃으로 둔 파리에서 날아온 사람에게 이 이름은 참 촌스럽고 생소하다. 활짝 열린 비행기 문 밖으로 나오니 더운 공기가 나를 확 끌어안는다. 말 그대로 사우나 문을 열고 들어선 기분이다. 시골 역사처럼 조그만 공항을 통과하니 창이 우리 가족을 마중 나와 하얀색 자잘한 꽃으로 만든 목걸이를 목에 걸어 주며 이렇게 말한다.

"프놈펜에 온 것을 환영합니다!"

꽃목걸이에 환영의 인사까지, 생각지도 않았던 환대에 이 도시를 보기도 전에 호감을 가지고 감동해 버린다. 창은 프랑스에 유학 왔다가 내전이 나는 바람에 돌아가지 못하던 차에 프랑스 노부부에게 입양되어 거기서 대학을 마치고 직장 생활을 하다가 돌아왔다. 그래서 현재 창은 프랑스와 캄보디아에 두 부모님이 계신다. 예의 바르고 착하고 활짝 웃는 모습이 인상적인, 앞으로 좋은 남편, 아버지가 될 것 같은 청년이다.

호텔로 가는 동안 창이 종이봉투에서 굵은 소금을 뿌려

숯불에 구운 바나나를 꺼내 준다. 떫은 감 맛이 나는 군 바나나를 먹으며 나는 난생처음인 프놈펜의 거리 풍경을 바라본다. 물을 질질 흘리며 가는 트럭을 벌 떼처럼 둘러싸고 쌔앵 따라붙는 오토바이들이 인상적이다. 쿨럭쿨럭 기침을 하는 듯한 뭉개져 가는 티코도 보인다. 옹기를 가득 실은 소달구지도 보이고 리어카 자전거, 인력거도 있다. 김이 모락모락 나는 찐빵을 불타는 숯불 화로와 함께 싣고 가는 리어카도 있다. 세상에 굴러가는 것들이 다 모인 듯하다.

뒤죽박죽이지만 역동적으로 굴러가는 모습들이 충격적일만큼 인상적이다. 꿈틀거리며 살아 있다. 지금까지 내가 살다 온 박물관 도시가 빛을 잃는다. 머리에 멋진 중절모를 얹었지만 폭삭 늙어 버린 영감님 도시였다고 단정한다. 이곳은 방자한 혈기로 팔짝팔짝 지그재그로 뛰어다니는 미친 청년 같다. 엉망이지만 우습고 사랑스럽고 재미있는 풍경이다! 나는 괜히 가슴이 뛴다. 창을 여니 온갖 냄새가 달려든다.

절인 땀 냄새와 매연, 향냄새, 매콤한 고추와 마늘, 붉은 파파야와 망고, 온갖 것이 뒤섞인 냄새의 향연에 내 콧구멍이 정신없이 벌렁거린다. 어디서 콕 쏘는 냄새가 난다. 오토바이 가득 실린 저 초록색 풀이 레몬그라스라고 창이 설명한다. 레몬그라스 풀 더미에 쌓여 손만 겨우 내놓고 핸들을 잡은 남자가 옆의 다른 오토바이 운전자와 웃고 떠들며 간다. 앞도 안 보고 오토바이를 운전하다니 저러다 사고 나면 거리는 온통 레몬그라스 풀로 짓이겨지겠군. 나쁠 것도 없잖아!

호텔로 들어서니 조금 전 풍경과는 딴 세상이다. 모든 것이 반짝반짝하고 새것이고 쾌적하다. 창은 내일 아침을 함께 먹자고 말한 뒤 사라진다. 우리는 당장 수영장으로 달려가 풍덩 뛰어든다. 하루 종일 햇빛에 데워진 수영장 물은 온천수처럼 뜨뜻하다. 한 바퀴를 돌기도 전에 갑작스레 하늘이 시커멓게 변하더니 소나기가 쏟아진다. 쏴아, 무지하게 큰 소리를 내면서 굵은 빗방울이 내리친다. 야자수 잎이 축 늘어져서 비를 얻어맞는다. 여유로우면서도 강하게 땅을 적시는 인상적인 비다. 프랑스 여행객이 우리에게 프놈펜이 처음이냐고 묻는다. 그렇다고 했더니 수영장 원두막 벽시계를 가리키며 이렇게 말한다.

"여긴 오후 4시 반만 되면 비가 와요. 아주 사납게 온다니까요. 벌써 일주일짼데, 정말 신기하죠?"

다음 날 함께 아침을 먹기 위해 창을 만난다. 누군가와 아침을 먹기 위해 약속해서 만나기는 난생처음이다. 저녁 약속이 아닌 아침 약속을 하고 걸어가는 내 인생이 무척 건전하게 여겨진다. 나는 사람들이 많은 곳으로 가 보자고 제

의한다. 큰 도로를 지나 좁은 골목길 안으로 들어서니 진짜 복작거린다. 온 동네 사람들이 다 모인 것 같다. 캄보디아 사람에게 아침 약속은 특별한 것이 아니다. 이들은 아침을 나가서 먹는다고 한다. 아침에 샤워만 하고 나오면 거리에 따뜻한 국수와 죽이 가득하다니, 정말 환상적이다.

후루룩 첫맛을 보는 순간 이 아침 국수 없는 나라에 가서 어떻게 사나, 벌써 아쉬워진다. 밤새 숯불에 닭 뼈를 푹 고아서 만든 국물에 얇은 쌀 면이다. 여기에 숙주나물을 넣고 신선한 라임즙을 짜 넣으면 완성이다. 부드러운 면발 속에 생 숙주가 아삭하게 씹히고 콕 쏘는 라임즙이 들어간 국물은 뒷맛이 상큼하다. 탁자 위에는 뜨겁게 끓인 커다란 찻주전자가 놓여 있고 사람들이 알아서 따라 마신다. 주인아저씨는 가히 달인이라 할 만하다. 국수 한 그릇 말아 내는 데 10초. 나는 이 모퉁이와 달인 아저씨에게 푹 빠져 버린

다. 어제까지만 해도 몰랐던 땅이며 몰랐던 사람들이다. 내가 잠든 깊은 밤 해가 뜨는 지구 모퉁이가 있고, 그곳에는 국수를 마는 달인이 있고 맛있게 먹고 부리나케 일터로 가는 사람이 있었다. 세상의 모든 낯선 사람들의 인생이 친근해져 버리는 순간이다.

갑자기 국수를 먹던 사람이 일어나 신발을 벗는다. 돌아보니 오렌지빛 승복을 입은 스님 둘이 오고 있다. 창 또한 신발을 벗는다. 신발은 왜 벗는 거지? 창은 독실한 불교신자다. 1년을 스님이 되어 절에서 살다가 나왔다. 이곳에서는 많은 남자들이 몇 년 스님으로 살다 다시 사회로 돌아온다. 선업을 쌓기 위해서라고 한다. 군대 대신 우리나라 청년들도 1~2년 스님이나 수사가 되어 명상 탁발하다 돌아온다면 대한민국 사회 가치관이 어떤 식으로 바뀔까, 생각해 본다.

창은 같은 탁자에 앉았던 다른 사람들과 함께 스님에게 시주를 하고 바닥에 코를 대고 납작 엎드린다. 나는 멍하니 엎드린 사람들을 본다. 어린 스님의 때 낀 맨발 아래 코를 대고 납작 엎드릴 수 있는 창이 부럽다. 나도 누군가의 발 아래 맨발로 엎드리고 싶다. 생각만 해도 울컥해진다. 누군가의 발아래 엎드릴 수 있는 사람은 적어도 삶의 뚜렷한 지향점이 있을 것 같다. 나처럼 정처 없이 헤매는 인생은 아닐 것이다.

어쩌면 나도 신의 발치에 엎드려 평화를 얻을 수 있을까. 국수를 먹은 뒤 우리는 근처 절로 가 본다. 안으로 들어갔다가 그 조잡스러움에 화들짝 놀라고 만다. 고대 앙코르를 지은 크메르 왕국의 후예들이 절을 이렇게 지을 수 있나? 앙코르 건축 양식을 본떠 지은 새로운 절이긴 하지만 그냥 시멘트로 급조했다. 절이 가지는 우아함이나 고즈넉

함 같은 건 찾을 수 없다. 앙코르의 고성 입구에 있는 사자와 절을 휘감는 나가도 있지만 조잡하다 못해 흉악스러울 정도다. 그러나 창은 아무렇지도 않는가 보다. 그는 부처 앞에 무릎을 꿇고 가지고 온 과일들을 바치고 향을 피운다. 향 연기가 부처를 향해 솔솔 날아간다. 금빛 색칠이 얼룩덜룩하고 이목구비가 비뚜루하게 그려져 엉망인 부처이다. 그래도 탓하지 않고 공물을 바치고 기도하는 이들이 있으니 행복한 부처이다.

절을 나오니 쓰레기 리어카들이 절 바깥벽에 쓰레기를 쏟아붓고 있다. 아이들 몇이 그 속에 들어가 쓸 만한 물건들을 찾고 있다. 이렇게 모인 쓰레기는 밤이 되면 커다란 트럭이 와서 수거해 간다고 한다. 신성한 절 벽에 쓰레기더미라니! 내가 기막혀 하니 창이 웃으며 이렇게 말한다.

"절이 아니면 프놈펜 어디에서 이 쓰레기를 받아 주

겠어?"

쓰레기 더미 너머 다른 편에는 거지들이 웅숭그리며 밥을 해 먹고 있다. 종교가 가져야 할 기본적인 미덕에만 충실하고 있는 절이다. 그동안 나는 건축학적 미가 절정을 이룬 신의 집, 우아한 예술적 미가 흐르는 신의 모습에서만 신성함을 느끼는데 익숙해져 있었나 보다.

우리는 아무 데나 걸어 다니다 큰 도로를 만난다. 어떻게 뚫고 나가야 할지 난감하다. 갤로그 게임 속으로 들어서는 것과 같다. 아래위에서 쏟아지는 총알과 폭탄을 피해 살아남기 위해서는 과감하고 민첩하게! 행인을 위해 절대 멈춰 주지 않는 자동차와 오토바이, 리어카, 트럭들을 요리조리 피해 우리는 간신히 건너편에 도착한다. 그리고 다시 걸어간다. 사실 산책을 할 수 없는 도시다. 인도에 너무 많은 것들이 있다. 오토바이들이 줄줄이 주차되어 있거나 때에

절은 좌판들이 온갖 물건들과 뒤섞여 있다. 조잡스러운 물건들 사이사이에는 사람들이 박혀 무슨 일인가를 하고 있다. 자전거 바퀴를 고치거나 머리통만한 코코넛을 도끼 같은 칼로 내리찍고 허겁지겁 국수를 먹고 아이를 달래고, 위험천만한 철근을 낑낑대며 끌고 가고 거기에 박힐 듯 모터사이클이 쌩쌩 달리고, 정말 정신없다. 무엇보다 이 뜨거운 햇빛, 머리통이 찐빵처럼 익어버리겠다.

우리는 거리에 놓인 의자에 털썩 앉아 버린다. 보니까 야외 커피숍 같은 곳이다. 플라스틱 의자에 바둑무늬 장판이 깔린 탁자. 우리는 사탕수수 주스와 커피를 시킨다. 소년이 사탕수수 껍질을 벗기고 엄마인 듯한 여자가 사탕수수 즙을 짠다. 딱딱한 수수 막대기가 짓눌리면서 연두색 물이 쏟아진다. 내 눈에는 마술이 따로 없어 보인다. 딱딱한 막대기 안에 이렇게 많은 초록물이 들어 있다니, 그 즙은 또 얼마나 달콤한지! 더위가 싹 가신다. 약탕기에 푹푹 끓인 커피 맛은 별로지만 향이 짙다. 달콤한 사탕수수 주스와 커피를 번갈아 마시며 나는 행복해진다. 맛있는 주스와 커피 한 잔이 그 도시를 사랑하는 조건에 포함될 수 있을까.

얼마 전까지만 해도 캄보디아라는 나라는 내 인생에 없는 곳이었다. 남편의 직장 일로 이곳에 오게 되었을 때 처음으로 이 나라가 어디에 붙었는지 어떻게 가야 하는지 등등의 기본 정보를 알아보기 시작했다. 캄보디아, 이것은 단어 그 자체만으로도 누추함의 냄새가 난다. 이 단어를 발음하는 순간 머릿속으로 가난하고 불행한 풍경들이 스윽 지나갔다. 가난하지만 자연이 아름답거나 영적인 기운이 가득해 순례자들이 꿈꾸는 성스러운 나라도 아니었다. 나는 수도 이름마저도 5분마다 잊어버리고 마는 무관심한 마음으로 비행기에 올랐다. 그런데 도착한 지 하루만에 이 도시

에 내 마음이 흔들리기 시작한다.

창은 자신의 나라에 대해서 이야기한다. 지금 프놈펜은 정신없이 발전하고 있는 중이란다. 몇 년 전부터 한국 사람들이 들어와 그들끼리 땅을 사고팔기 시작해 땅값이 엄청 올랐단다. 또한 많은 한국의 건축업자들이 와서 높은 건물을 짓고 있다. 50년 뒤면 캄보디아는 한국의 식민지가 되어 있을 거라는 말까지 한다. 돈도 한국 원만 남고 거리의 간판들은 모두 한국어가 되어 있을 것이라나? 우리나라 사람들이 돈다발을 들고 다니며 이렇게 남의 나라 땅과 하늘을 멋대로 디자인하다니, 국제적 경제 감각이 놀랍기만 하다. 이 나라는 정치도 언론도 엉망이란다. 교통경찰이고 공무원이고 제대로 돌아가는 것이 아무것도 없는 완전 개판이라고 한탄한다. 그래서 나는 "너는 무엇을 어떻게 할 것이냐."고 물어본다. 그는 "많은 시간이 걸릴 것이다."라고 대답한다.

주인아줌마가 나에게 한국 사람이냐고 묻는다. 그렇다고 하니 그 아들이 "아, 안뇽하세요~." 하고 한국말로 인사를 한다. 한국어 학교에 다닌다고 한다. 그들의 삼촌이 한국에 3년 있다 왔는데 부산 돼지국밥이 정말 맛있었다고 한다. 그는 평생 그보다 맛있는 것을 먹어 본 적이 없었다고 지금도 돼지국밥이 먹고 싶어 부산을 그리워한다고 한다.

"돼지국밥, 그렇게 맛있나요?"

눈이 초롱초롱한 소년의 질문에 나는 우하하, 웃어 댄다. 자식, 부산에 가서 어떻게 돈 벌 것인가를 생각지 않고 돼지국밥 먹을 생각부터 하니 말이다.

어디선가 투우렌~ 투우렌~ 부드러운 소리가 들린다. 창의 눈이 반짝 빛난다. 그는 나에게 두리안을 맛볼 것을 제안한다. 으악, 나는 도리질 친다. 파리의 중국 슈퍼에 가

득 진열되어 있는 것을 숱하게 봐 왔지만 한 번도 먹어 볼 생각을 하지 않았다. 터무니없이 비싸기도 했지만 그 안에 맛있는 것이 들어 있을 것 같지도 않은 외관이었다. 삐쭉삐쭉 도깨비 방망이 같은 것을 어찌 쪼개야 하는지도 알 수 없었다. 다들 저 도깨비 방망이를 먹었다간 종일 냄새가 나니 피하라고 충고했다. 무엇보다 두리안의 애칭이 마음에 들지 않았다. 과일의 여왕이라니, 영국의 엘리자베스 여왕처럼 늙고 거만한 맛이겠구나, 그리 생각해 버렸다.

그런데 이것을 본토에서 딱 마주쳤다. 대나무 소쿠리에 가득 담긴 두리안은 솜털이 보송보송한 것이 왠지 사랑스럽다. 딱딱한 껍질을 벗기니 노란 덩어리가 나온다. 창의 얼굴이 변한다. 먹기도 전에 침이 꼴깍 넘어가는 살짝 흥분된 상태다. 언제나 수줍음이 가득한 평소의 얼굴이 아니다. 그는 삶은 고구마처럼 그것을 베어 먹는다. 나도 그를 따라 한입

베어 문다. 으음…… 나는 잠깐 숨을 멈춘다. 맛있다. 그냥 과일이라고 하기에는 너무 오묘한 맛이다. 나는 두 손에 쥐고 오물오물 먹는다. 창과 눈이 마주친다. 우리는 웃는다. 이것이 염화미소인가. 황홀한 미소다. 대마초를 피우며 연기에 함께 취하는 것만 같다. 과장이 아니다. 아아, 이것을 한국의 엄마에게 갖다 줄 수 없는 것이 너무나 안타깝다.

"두리안이 그렇게 맛있어?"

누군가 물으면 나는 늘 이렇게 대답한다.

"응, 이 세상에서 제일 맛있는 것이야."

죽이는 곳, 혹은 최고의 여행지는 당연히 사람마다 다를 것이다. 내가 아는 한 프랑스 사람은 매년 미국의 서부 혹은 아르헨티나 광야에 말을 타러 간다. 코펠로 직접 밥을 해 먹고 텐트도 없이 침낭 속에 누워 무서운 전갈과 뱀이 지나가는 소리를 듣고 밤하늘의 별을 헤며 황야의 무법자처럼 지내다 돌아온다. 그 짓을 하기 위해 보통 여행 경비의 몇 배를 들인다. 그의 부모는 늘 이렇게 말한다.

"우리 알자스보다 아름다운 곳이 없는데 뭐하러 그 먼 데를 가냐?"

그의 부모는 모든 것이 잘 굴러가는 평화로운 인생이 주는 권태를 모른다. 산과 포도밭, 들판이 아름다운 알자스는 매연과 회색 건물에 지친 대도시 사람들을 위한 휴식처다. 어쩌면 황야의 사람들이 잘 꾸며진 포도밭 언덕을 자전거로 달리는 여행지로 꿈꿀지도 모르겠다. 알자스란 곳이 지구 모퉁이 한 자락을 차지하고 있다는 것을 알기라도 한다면 말이다. 그러니 여행은 역할 바꾸기.

프놈펜, 그냥 나 혼자 사랑에 빠진 도시다. 매력적이지도 않은데 빠지다니 내가 바보다. 생애 최고의 장소를 물으면 사람들은 대부분 평화를 느꼈던 고요한 장소를 꼽는다.

나는 뒤죽박죽 프놈펜에서 평화를 느낀다. 고단한 사람들이 맨바닥에 쭈그려 앉아 국수를 후룩후룩 먹고, 코코넛 물로 따뜻하게 만든 디저트를 먹은 뒤 입을 쓱 닦고 무심히 앉아 있는 사람들의 모습이 나를 미치게 한다. 머리 위로 갑작스레 비라도 쏟아지면 그들은 박장대소한다. 비를 피해 달아나지만 이미 다 젖은 뒤다. 촌스러운 캄보디아 수건을 덮어쓰고 뜨뜻한 빗속을 걸어가노라면 지금이 내 생애 가장 즐거운 순간이라는 생각이 든다.

이글거리는 태양이 싫을 때도 있다. 그러나 저 뜨거움이 과일들을 달콤하게 익게 한다고 생각하면 마음이 누그러진다. 그 과일들은 달콤한 디저트가 되어 시장의 좌판에 진열된다. 캄보디아 사람들은 밥은 대충 먹지만 디저트는 무척 화려하다. 어찌나 달콤하고 부드러운지 입에 넣는 순간 사라져 버리는 것들. 반면 건강 위주의 알차게 먹는 한국 사람들은 달콤하고 부드러운 것으로 기분을 황홀하게 하는 것에 가치를 두지 않는다. 우리는 사라져 버리는 쾌락보다는 성과를 중시하는 실속주의자들이다. 여행에서는 어떤지 모르겠다. 프놈펜은 별 실속 없는 여행지일지도 모르겠다. 내가 하고 싶은 마지막 말은 이것이다.

"달달한 디저트를 즐길 줄 모르는 이는 인생의 단순한 행복을 모른다."

여행의 최대 기쁨은 변천하는
사물에 대한 경탄이다.

스탕달

신현림

시인이자 사진작가. 경기 의왕에서 출생. 아주대학교에서 문학을, 상명대학교 문화예술대학원에서 비주얼아트 전공. 한국예술종합학교, 아주대학교에서 강사로 활동. 시집으로《지루한 세상에 불타는 구두를 던져라》,《세기말 블루스》,《해질녘에 아픈 사람》,《침대를 타고 달렸어》, 사진 에세이《나의 아름다운 창》, 미술 에세이《신현림의 너무 매혹적인 현대미술》,《시간창고로 가는 길》,《내 서른 살은 어디로 갔나》, 동시집《초코파이 자전거》가 초등교과서에 실림. 역서로《포스트잇 라이프》,《Love That Dog》,《비밀엽서》시리즈 1권,《만나라, 사랑할 시간이 없다》출간. 사진작가로 2회의 전시회를 개최. 신선하고 파격적인 상상력, 특이한 매혹의 시와 사진으로 장르의 경계를 넘나드는 전방위 작가로 활동 중. 현재 세 번째 전시회 준비 중.

어린 딸과 무작정
일본 문화 탐방

일상과는 다른, 전혀 다른 곳, 전혀 알 수 없는 사람들 속에서 우리는 걸었다. 아무도 모르는 곳에서 은밀한 호기심과 은밀한 설렘과 즐거움을 안고 걷는다. 걸으면서 한국의 도시와 일본의 도시가 그리 다르지 않다는 친밀감. 그 속에서 서울과 도쿄는 뭐가 다른가를 생각하다 문득, 에쿠니 가오리의 《도쿄타워》가 생각났다.

"세상에서 가장 슬픈 풍경은 비에 젖은 도쿄타워다. …… 젖어 있는 도쿄타워를 보고 있으면 슬프다. 가슴이 먹먹해진다."라고 한 에쿠니 가오리의 《도쿄타워》. 소설 주인공 토오루 말이다.

나는 도쿄타워를 지날 때 가슴이 먹먹하진 않았다. 비

가 오지도 않았고, 버스 안에서 봤기에 도심 속 건물 중의 하나구나, 하고 그냥 지나쳤기 때문이었다. 정들 뭔가가 없어서였다. 자신이 자주 접하는 물건만큼이나 어떤 공간도 유난히 애착이 가기 마련이다. 나에게도 그런 공간이 있다.

내게 도쿄에서 기억의 중심은 우에노 공원과 에비스역이다. 그곳 미술관과 사진 미술관에 있다. 내 딸이 태어나기 10년 전 동경에 왔을 때 좋은 기억으로 남아 있기 때문이다. 이곳에서의 기억은 놀이터처럼 여유롭다. 그래서 내 어린 친구인 딸을 데리고 한국을 떠나온 것이다.

야릇하게도, 일본행 비행기에서

드디어 탑승하라는 안내원의 목소리가 들리고 사람들은 비행기에 올랐다. 비행기 안에는 남성들도 있었으나 거의가 20~30대 여성들이었다. 그래선지 비행기에는 복숭아빛 과육 냄새가 가득한 듯 향기로웠다. 이 싱그럽고 발랄한 기운이 내게 스며 오기를 기대하며 흠뻑 젖기를 바랐다. 비행기 차창을 물들이는 구름을 바라보는데, 딸이 내게 물었다.

"엄마, 언니 오빠들이 무척 많다. 다 무얼 구경하러 일본을 가는 걸까?"

"우리처럼 일본 문화를 직접 보러 가겠지."

그러나 돌아갈 비행기를 탈 때 나는 놀라운 사실을 알게 되었다. 그녀들의 여행 목적은 거의 쇼핑이란 사실이었다. 나는 딸을 데리고 사찰, 미술관, 박물관, 서점 순례를 하면서 그 많던 젊은 한국인들은 어디로 갔을까 궁금해 했었다. 그런데 이 사실을 알고 나서 왠지 야속하고, 몹시 허탈해 기운이 죽 빠졌다. 복숭아 향기 같던 그녀들의 싱그러움마저 시들하게 느껴졌다.

이러다 우리나라는 어디로 가나. 이런 걱정은 지나친 염려일까, 하고 자문했다. 쇼핑도 하면서 예술 문화 탐구도 하면 좋을 텐데, 하고 아쉬워했다. 그러나 그들도 이런 문화 탐방 코스가 있는지 몰랐고, 못 찾아서겠지, 라며 긍정적으로 생각했다.

야릇하게도 일본은 계속 가고 싶은 나라 중의 하나다. 우선 가까운 거리, 치안이 잘 되어 있고 깨끗해서 편하다. 또한 같은 아시아 중에 선진문화의 꽃을 피워 자극받을 게 많다. 그리고 우리나라의 백제 문화를 먹고 컸다는 친밀감 때문에 도시를 돌면서 그 흔적이 눈에 띌 때면 비교 검토하

는 재미가 있었다. 종군 위안부 책임과 사과 문제도 여전히 유감이며, 독도가 자기네 땅이라고 우길 때는 죽어라 싸워야 한다. 그러나 그 외에는 옛 시대의 약탈과 침탈을 일삼던 일본의 이미지를 넘어서 세계화 시대에 서로 성장 교류하는 일이 무엇보다 중요하리라 본다.

나의 일본 문화 순례는 이번으로 네 번째며, 동경 탐방은 세 번째였다. 나의 딸이 가고 싶다고 외친 나라가 일본이라 늘 때를 기다려 왔다. 마침 30~40만 원 싼 여행 상품이 나와 이걸 놓칠 수 없어 짐을 싸 든 것이다.

JR 야마노테센 선을 타고

비행기에서 내리고부터 문득 두려웠다. 아무리 치안이 잘 되었어도 무데뽀로 오른 자유여행. 무엇부터 시작할지 아득했다. 정신을 차리고 일단 안내소에 가서 못하는 영어 몇 마디, 손짓 눈짓으로 차를 탈 방향을 알아 두고 도쿄 지도와 차 노선도를 얻었다. 그때 지하철 첫차를 타기 위해 기다리던 한국인들 속에 묻혀 있다가 운 좋게 일본 유학 경험이 있는 과자 만드는 남자와 일행 둘, 그리고 여성 한 분을 따라 이동했다.

모노레일을 이용, 이틀 치의 JR 정기패스를 끊었다. 어린 친구와 단둘이 다니기가 두려워 일단 한국인들을 쫓아 간 츠키지 수산 시장. 외국인들도 줄을 서서 기다리는 스시 집. 시간을 아끼기 위해 그 옆집에서 아침 초밥을 먹었다. 수산 시장에서 내 눈길을 끈 것은 초밥 집이 아니라 여기저기 서 있는 타레라는 기동력이 센 구루마였다. 힘찬 타레의 움직이는 소리는 투명한 물방울처럼 몹시 상쾌하게 들렸다. 그리고 희고 회색빛으로 젖어 드는 빗속에서 줄을 서서 기다리는 여행객들. 그 모습이 신기해서 뚫어지게 바라보았다.

"얼마나 맛있기에?"

"이곳에서 먹은 얘기가 인터넷에 올라온 걸 보고 다 몰리는 거죠."

나의 의뭉스런 질문에 과자를 굽는 일을 하는 남성이 설명해 주었다. 나는 기왕 일본에 왔으니 기념 삼아 스시 집에서 먹는 거였다. 채식, 어식의 간단한 식사 위주의 삶을 살고, 식사에 큰 의미를 두지 않아서인지 스시 집과 유명하다는 스시가 그다지 인상 깊게 남진 않았다. 나는 언제나 음식보다 음식과 이어진 시장 바닥과 시장 사람들에 더 관심이 많았다. 생동감 넘치는 시장은 우리가 모두 살아 있구나, 하는 존재감을 강렬하게 느끼게 해 주기 때문이다.

드디어 밥을 먹고 난 후부터 슬슬 문제가 터지기 시작했다. 얼마나 준비 없이 무모하게 떠나왔는지 아침을 먹은 후에야 나는 뼈아프게 깨닫기 시작했다. 내 어린 친구가 잠이 쏟아지는지 눈을 감은 채로 길에서 잠든 것이다. 함께한 남자 분들이 도와줬지만, 이내 미안해서 작별인사를 한 뒤 우리는 각자의 계획대로 흩어졌다. 그들과 헤어진 후 일본이고 뭐고 쓰러져 누워 자고 싶을 만치 절망적이었다. 왜 상품이 싼지 이해가 되었다.

새벽 비행기. 그 이후는 잠을 자지 않거나 덜 잔 채로 다녀야 한다는 것. 그래도 이 싼 가격에 여기까지 온 게 어디인가, 자꾸 긍정적으로 마음을 바꾸어 갔다. 마침 곁에 있던 고마운 여성이 짐을 들어 줘 딸애를 업고 공원으로 갈 수 있었다.

우에노 공원으로 발길을 옮겼다. 천천히 마음을 편히 먹고 걷고 있는데, 멀리서 익숙한 팝송이 들려왔다. 우리 동네처럼 느껴졌다. 소리를 따라 가 보니 피자 가게였다. 피로한 몸을 이끌고 가게 앞 의자에 앉았다. 의자에 앉자 얼마나 편하고, 행복했는지……. 하늘도 더 푸르고, 나무도 더없이 든든했다. 그런 후 3시까지 2시간 정도 머문 우에노 공원이 친숙해질 즈음 천천히 빠져나와 우에노역 앞 한국의 남내문 시장과 닮은 곳을 배회했다.

참으로 빤한 물건들이었다. 시간이 아깝단 생각에 마음을 바꿔 다시 우에노역 내 아트박스와 같은 매장에 딸린 카페로 들어갔다. 그리고 커피를 시켰다. 지치고 굶주려선지 그 어느 때보다 커피는 입안에서 아련하게 녹았다. 그 매장은 커피숍을 빙자로 한 다이소 같은 매장이었다. 물건 하나라도 안 살 수가 없었다. 나는 되도록 외화 낭비를 하지 말자는 주의인데, 그 나라에서만 볼 수 있는 예쁜 물건들의 유혹을 뿌리치기는 참 힘든 것. 천천히 매장을 돌며 산 것이 푸른색의 투명 접시와 욕조에 붙이는 젤리 인어공주였다. 좋아하는 빛깔에 애틋해지는 분위기의 물건은 늘 설레게 하는 힘이 있다.

그런데 또 이게 웬일인가. 내 어린 친구는 쓰러져 자는 것이다. 도저히 오래 머물 수가 없었다. 잠자는 아이를 업자 같이 다니던 또래 여성이 3시에 체크인을 하게 될 호텔까지 내 트렁크를 들어 주어 큰 힘을 얻었다. 항상 어딜 가나 임기응변 정신이 발휘되고, 좋은 사람들을 만나 위기에 대처하게 된다. 이런 재미가 여행을 하는 큰 활력소다. 늘 그 좋은 분들한테 감사하고 축복을 빌고 싶다.

여행사에서 예약해 준 호텔은 우리나라 모텔 수준의 크기였지만 실용적이고 깨끗했다. 그리고 조용했다. 아주 피로한 상태라 푹 자지 않음 여차하면 다음 날을 다 망쳐 버린다. 우리는 씻고 아주 깊은 잠의 강물 위를 다녔다. 돛단배처럼.

오후 4시부터 4시간 자고 일어나니 8시였다. 더 자고 싶어도 달콤한 맥주 한 잔에 저녁을 먹고 싶었다. 함께 식사를 하며 딸아이가 하는 말.

"나는 물에 취하고 엄마는 술에 취하고……."

이런 얘길 할 때는 초등 1년생 같지 않아 웃음부터 터져나왔다. 불과 나와 얼마 나이 차가 없는 후배인 것만 같았다. 친구를 데리고 들어와 다시 후미진 호텔서 쓰러져 잤다. 불가사의할 정도로 다시 깊고 깊은 잠 속으로 밀려갔다.

싱그러운 나무 냄새가 나는 카페에서

그 깊은 잠을 잔 덕분에 이튿날은 행복 모드로 시작되었다. 단 하루만 남은 오늘.

먼저 호텔에서 택시로 달려간 10분 거리의 아사쿠사. 일본에 외국인 관광객이 얼마나 많은지 이 절만 와 봐도 안다. 두 번째 와서인지 처음만치 그리 신선하지는 않았다. 온통 상가로 뒤덮인 모습이 지루했다. 그래도 초행길인 분은 꼭 들릴 코스 중의 하나다. 그때 외국인 누군가 나와 내 어린 친구가 일본인인 줄 알았나 보다. 그래서 나는 이렇게 외쳤다.

"와다시아 강고꾸징데스, 아임 코리안!"

나는 어디서든 한국인임을 꼭 밝히고 만다. 그들은 우리 사진을 기어이 찍어 갔다. 내게는 남겨지지 않는 내 사진. 솔직히 유쾌하지 않았다. 아사쿠사는 정오를 넘어 둘러보니 사방으로 초록빛으로 넘실댔다.

"하이 파이브!"

우리는 서로의 손바닥을 치며 따뜻이 포갰다. 잠에서 깬 허스키한 목소리인 꼬마 친구의 외침. 아침을 더 싱싱하게 했다. 끈끈한 스킨십, 미소, 포옹은 사람과의 유대감과 애정을 더 단단하게 한다. 다시 역사 내 카페에서 잠시 쉬어 가기로 했다.

카페에서 내 어린 친구는 수첩을 꺼내 그림을 그렸다. 여행지마다 내가 가르쳐 주지 않아도 수첩과 펜을 가지고 다녔다. 이것은 주에 서너 번은 꼭 일기 쓰는 습관에서 생겼다. 자신의 느낌과 생각을 정리하도록 일기 쓰기를 관리하는 것만큼은 확실히 했다.

일기 쓰기 혹은 메모라도 쓰기. 미국 정치가인 벤저민 플랭클린은 자신과 시간 관리에 철저, 전세계인들의 시간 관리 매니저의 상징이 되었듯, 톨스토이를 세계 대표 작가로 만든 위대한 습관이 일기였다. 이 습관의 위력을 알기에 나는 꽤 신경을 써 왔다. 소리도 지르며, 하기 싫어도 일기를 쓰게 했다. 여섯 살부터 3년간 정말 일기를 열심히 썼다. 그러나 지금은 보여 주지도 않는다.

"나중에 엄만 널 과외 못 시켜. 책을 많이 읽으면 과외 안 해도 돼. 엄마 따라 책을 많이 읽으렴."

"과외가 뭐야."

"학교서 배운 걸 또 돈을 들여 따로 배우는 거지. 좋은 대학 가기 위해……."

그때는 이 말이 뭔지 모르나 아이는 이제 안다. 나도 이런 얘길 심어 주기 싫었으나 어쩔 수가 없다. 현실이니까. 미래의 배고픔을 방지하기 위해 일기를 쓰게 하고, 여행 중의 배고픔을 풀기 위해 길을 가다 김밥을 사 먹었다. 그런 후 또 걸어 다니며 구경하다가 힘들면 빵도 팔고 커피도 파는 예쁜 가게에 머물렀다.

도쿄도 시립 미술관東京都美術館이나 국립 박물관, 국립 서양미술관이 자리한 우에노 공원은 공휴일 산책 겸 쉬어 갈 최적의 장소다. 에도 시대부터 도쿄의 대표 상업 지역이었으나 제2차 세계대전 때 심한 피해와 더딘 발전으로 가장 서민적인 모습을 간직하고 있다.

10년 전에 이곳에서 아주 흥미로운 전시를 본 기억이 아직도 생생하다. 모나리자 전이었다. 레오나르도 다빈치의 모나리자부터 그것을 차용하여 제작한 몇 세기 동안에 여러 작가들이 작업한 작품들이 전시되었다. 사람으로 가득 찬 전시장. 그렇게 많은 관람객은 처음 보았다. 물론 네덜란드에서 고흐 탄생 100주년 기념 전을 열었을 때 프랑스 국민 2백만 명이 이 전시회를 보러 갔다는 얘길 들은 적이 있다. 일본인들의 문화 수준을 보고 감탄했던 기억이 지금도 생생하다. 수많은 인파로 꽉 메워진 미술관을 봤을 때 내심 부러웠다.

그러나 우에노 공원과 박물관을 둘러본 후 우리 옛 그림들에 대한 자부심을 갖게 된 좋은 기억도 있다. 미리《일본 회화사》를 읽은 후 실제 작품을 보니, 비교 문화사적 측면에선 우리 미술이 결코 빠지지 않음을 깨달았다. 내 어린 친구에게 바라는 꿈 하나가 있다면 예술문화적인 감수성이 넘치는 사람이 되었으면 하는 것이다.

딸과 함께한 여행지. 그 어디든 고단하고 힘들어도 보

람되고 참 행복했다.

　무작정 새벽 비행기를 타고 날아온 일본 문화 탐방. 어
린 친구는 마음 부자가 되고, 나도 임신한 것처럼 기분 좋
게 배불렀다. 우리는 무거워진 몸을 이끌고 마지막 탐방지
에비스로 가기 위해 JR선을 올라탔다.

아무것도 저를 몰아내지 않았습니다.
제 스스로 뛰쳐나간 것입니다.
전 행복을 찾아 나선 것은 아닙니다.
하지만 또 다른 제 자신을 찾기 위해
나간 것입니다.

앙드레 지드

정끝별

1988년 〈문학사상〉 신인발굴에 시 당선. 1994년 동아일보 신춘문예 평론에 당선. 시집
《자작나무 내 인생》,《흰 책》,《삼천갑자 복사빛》,《와락》, 시론평론집《패러디 시학》,《천
개의 혀를 가진 시의 언어》,《오룩의 노래》,《파이의 시학》 등을 출간. 현재 명지대학교
국문학과 교수로 재직 중.

세상에서 제일 낮은 어깨로 감싸 주던
서귀포의 돌담

우리나라에서 제일 따뜻한 바람이 부는 서귀포

서귀포 하면 이중섭, 이중섭 하면 서귀포. 내겐 그렇다. 1951년 1월, 이중섭은 일본인 아내 마사코山本方子와 어린 두 아들 태성, 태현을 데리고 원산에서 부산을 경유해 서귀포로 피난 와서 12월까지 서귀포에서 지냈다. 1년 남짓을. 이중섭은 1940년경 일본에 유학 갔을 때 마사코를 만났다. 3년 뒤 이중섭의 귀국으로 2년 정도 헤어져 있었는데, 해방 직후 마사코는 사랑을 찾아 혈혈단신 현해탄을 건너왔다. 이중섭은 이남덕李南德이라는 한국 이름을 지어 주고 그녀와 결혼했다.

서귀포 바닷가를 에두르는 '서귀포 칠십리' 근처를 오락가락하다 보면 낯익은 이름의 거리를 만날 수 있다. 바로 '이중섭 거리'. 서귀포 바다가 설핏 보이는 이중섭 거리 끝에는 2002년에 개관한 이중섭 미술관과 그 밑으로 1997년에 복원되었다는 이중섭 가족이 살던 집이 위치해 있다. 서귀동 512번지다.

그러니까 1951년 정월 서른여섯의 이중섭이 전쟁을 피해 일본인 아내와 어리디어린 두 아들을 앞세우며 뒤세우며 여러 날을 걸어서 도착했던 곳이다. 그가 1년 남짓 빌려 살았던 집은 부엌 한 칸에 방 세 칸 정도 규모의 일자형 초

가집이었다. 이중섭 일가가 살았던 단칸방은 오른쪽 끝에 우수리처럼 딸려 있었다. 부엌까지 합쳐도 두 평 정도밖에 안될 섯 같은 좁은 방이었다.

네 식구가 다리와 다리를 포개며 오종종 살던 한 평 반이 채 못 되는 방. 주인집에서 얻은 그릇과 수저와 이불과 된장이 살림의 전부였던 방. 피난민을 위한 식량 배급으로는 턱없이 부족했던 식구食口들을 위해 바다에 나가 게와 물고기를 잡고 해초를 뜯어먹으며 살던 방. 그래도 마음만은 평화롭고 따뜻해 〈서귀포의 환상〉과 〈섶섬이 보이는 풍경〉과 〈파란 게와 어린이〉와 〈황소〉 등의 명작을 그렸던 방. 장차 벽화를 그리기 위해 이런저런 조개를 채집하여 솜으로 싸 두었던 방. 이후, 치명적인 궁핍을 피해 일본으로 건너간 아내家族를 향한 그리움에 몸과 마음이 병들어 갈 적마다 한없이 그리워했던 방…….

가난하고 고독하고 절망적이었을 이중섭의 서귀포 시절 모습이다. 이중섭에게 서귀포의 바람은 기억 속 한없이 따뜻한 아내 마사코의 입김일 것만 같다. 특히 이중섭이 품었던 아내에 대한 간절한 사랑과 그리움은 잘 알려져 있다. 국가도 이데올로기도 언어도 전쟁도 가난도 무릅쓴 그들 부부의 사랑은 정작 오늘날 우리가, 아니 내가 잃어버린 사랑이기도 하다. 나는 서귀포에서 그 잃어버린 사랑의 흔적들을 보았다. 그래서일까? 이곳 서귀西歸라는 지명이, 나에게는 마치 불귀不歸라는 단어처럼 들리곤 했다.

절박했으되 고적孤寂했던 이중섭의 사랑, 뜨거웠으되 오연했던 이중섭의 삶, 그것들이야말로 지지고 볶아 대는 시대와 역사를 넘어선 예술 정신의 핵심이 아닐까. 우리나라에서 제일 따뜻한 바람이 부는 서귀포의 한 평 반이 채 못 되는 이 작은 소우주가 바로 궁핍한 시대를 초월하여 존재하는 예술 세계 그 자체가 아닐까.

겨울비가 내리고 있었다. 단 한 사람의 관광객이었던 나는 미술관 뜰에서 이중섭이 살던 집을 내려다보고 있던 중이었다. 조금 빠른 나무늘보처럼 머리가 허연 할머니가 뒷마당에서 나오시더니, 돌담가 그러니까 이중섭의 방 앞에서 잠시 쪼그리고 앉아 오줌을 누시고는, 다시 조금 빠른 나무늘보처럼 뒷마당 쪽으로 사라졌다. 눈을 몇 번 깜빡여 보았다. 기념관일 거라고 생각했는데, 아뿔싸!

후다닥 달려 내려가 오른쪽의 돌담을 따라 이중섭의 방을 거쳐 뒷마당에 돌아가 보았다. 자세히 보니 일반 살림집이었다! 당시 이중섭 일가를 거두어 주었던, 이제는 머리가 백발이 된, 후덕하시기가 돌아가신 나의 외할머니를 닮으

신, 여든넷의 안주인 김순복 씨가 아직 그 집에 살고 있었다. 그때가 2005년쯤이었다! 어쩐지, 굳게 잠긴 앞마당 문지방 아래 아이 운동화와 어른 털신이 놓여 있어 의아스럽더니…… 김순복 할머니는 이중섭을 말이 없고 얌전한 아주 순한 사람으로 기억하고 있었다.

이 집 마당쯤에 화구를 펼쳐 놓고 그렸을 〈섶섬이 보이는 풍경〉과 〈서귀포의 환상〉은 당시의 이중섭 안팎을 잘 보여 준다. 〈섶섬이 보이는 풍경〉은 이중섭의 바깥 풍경이다. 섶섬원래는 숲섬이었다 한다.은 문섬, 범섬, 새섬과 더불어 서귀포가 거느리고 있는 섬들 중 하나다. 그림 속 나무와 섬은 아직 그늘을 드리우고 있다. 가을 풍경일지도 모르겠지만, 쓸쓸하고 적막한 것이, 내게는 늦겨울 풍경만 같다. 약간의 불안과 약간의 막막함과 약간의 외로움이 묻어난다. 이중섭이 서귀포에 정착한 지 얼마 되지 않는 2~3월경이

이중섭, 〈섶섬이 보이는 풍경〉

아닐까 짐작해 본다. 그림 속의 섶섬은 이중섭 미술관 2층에서 바라다 보이는 섶섬과 정확히 일치한다. 그림 속에서도 금세 서귀포의 바다와 지붕들 위로 봄기운이 펼쳐질 것만 같다. 이 그림을 그리는 내내 이중섭은 저 검푸르게 봉긋 솟은 섶섬 속에다 어떤 풍경을 담아 두었을까?

반면 서귀포의 여름 바다를 배경으로 하고 있는 〈서귀포의 환상〉은 이중섭의 내면 풍경으로 보인다. 행여 바다 끝에 섶섬이니 문섬 따위의 섬들을 그려 넣지 않았다면 서귀포 바다는 마치 강처럼 보였을 거다. 그늘 없는 서귀포의 푸른 옥빛은 현실의 원근遠近과 음영陰影을 거부하고 있다. 사람들은 새처럼 날아다닌다. 날개가 크고 깃털이 흰 새들 덕분에 서귀포 바다는 하늘만 같다. 실물보다 훨씬 크고 차르르 윤기가 도는 밀감은 마치 천도天桃처럼 보인다. 타잔처럼 나뭇가지와 새를 타고 다니며 과일을 따는 아랫

이중섭, 〈서귀포의 환상〉

도리를 벗은 아이들, 바구니 가득 과일을 담아 나르거나 그 옆에 잠시 드러누워 쉬고 있는 어른들. 이런 풍경이 바로 이중섭이 그늘 깊은 섶섶 속에 그려 넣고 싶었던 풍경이 아니었을까? 저 과일이, 귤이나 가재나 게나 옥돔이나 미역이나 쌀이나 행복이나 희망이나 꿈이 아니라고 할 수 있을까?

삶은 외롭고 서글픈 것, 아름답도다!

궁핍했으나 온 가족이 함께 살았던 서귀포에서의 생활은 이중섭의 일생에서 가장 행복했고 예술적으로도 열정과 영감이 넘쳐 났던 시기였다. 이중섭이 그 좁은 방에 직접 써서 붙였다는 〈소의 말〉이란 시가 그 당시를 재연하듯, 벽에 붙여져 있었다.

맑고 참된 숨결 나려나려

이제 여기 고웁게 나려

두북두북 쌓이고

철철 넘치소서

삶은 외롭고 서글픈 것

아름답도다

두 눈 맑게 뜨고 가슴 환히 헤치다

이중섭, 〈소의 말〉

되뇌어 본다. 삶은 외롭고 서글픈 것, 아름답도다! 사실은 누구나 그렇지 않은가? 한번쯤은 이렇게 낯선 곳에 오롯이 사랑하는 사람을 데불고 무작정 귀의하고 싶은, 그 사랑에 따뜻한 바다와 섬과 바람이 바람벽이 되어 준다면 더더욱 대책 없이 망명해 버리고 싶은, 그런 꿈 하나쯤은 맘속 깊은 곳에 숨겨 놓고 살고 있지 않은지. 전쟁과 가난이 이중섭에게 그런 절호의 찬스를 만들어 주었고, 이중섭은 이때다, 하고 여기 서귀포에 1년 남짓 자신만의 망명 정부를 세웠을 게다. 정치와 사회와 이데올로기와 밥벌이로부터 멀리 떨어져, 우리나라에서 제일 햇빛 많고 온화한 바람이 부는 이곳에서 자연과 사랑과 예술만을 꿈꾸었던 게다. 현실이 궁핍했기에 더욱 빛을 발했을 게다. 짧았었지만, 그리 길지 않았기에 더욱 찬란했겠지만…….

잘 다듬어진 미술관 뜰에는 월북 시인 조명암이 작사했다는 남인수의 노래 〈서귀포 칠십리〉 시비詩碑가 세워져 있었다. 시비에 부착된 버튼을 누르니 남인수의 노래가 흘러나왔다. "은비늘이 반작반작 물에 뜨는 서귀포/ 미역따던 아가씨는 어디로 갓나/ 금조개도 그리워라 물파래도 그리워/ 서귀포 칠십리에 별도 외롭네."라는 2소절이 좋아 누르고 누르고 듣고 또 들었다. 겨울비 내리는 이중섭 미술관 뜰에서 듣고 또 듣는 남인수의 목소리는 조금은 처량하고 조금은 처연한 듯도 했다. '아가씨'라는 단어 속에 '이중섭', '미역'이라는 단어 속에 '게'를 넣고 "게를 잡던 이중섭은 어디로 갔나"라고 불러 보니, 산천은 의구한데 인걸은 간데없다는 말이 새록했다.

이중섭은 1956년 9월 6일, 마흔한 살의 나이에 세상을 떠났다. 적십자병원 영안실에 무연고자로 분류되어 3일간이나 방치되었다. "남들은 저렇게 바쁘게 열심히 사는데 나는 그림 그린답시고 놀면서 공밥만 얻어먹고 뒷날 무엇이 될 것처럼 세상을 속였다."며 거리를 쓸고 또 쓸며, 일절 음식을 먹으려 들지 않았다. 일본으로 건너간 아내와 아이들 사진을 꺼내 보면서, 혼자 울면서, 그리움에 지쳐 아내와 두 아들의 목소리를 흉내 내며 혼자 대화하곤 했다.

세상에서 제일 낮고 긴 서귀포의 돌담

비가 멈췄다. 이중섭이 살던 초가집의 골방을 감싸고 둥그렇게 싸안고 있던 키 낮은 돌담 가를 다시 돌아본다. 초가집의 처마는 서귀포 수평선에 봉긋 솟은 섶섬 자락을 닮아 있었는데, 그 처진 처마를 한사코 에두르며 보듬고 있던 그 돌담. 길지 않았던 이중섭에게 서귀포는 길지 않은 그의 생애의 그와 같은 돌담이었을 것이다. 오롯한 사랑의 돌담. 그런 돌담이 있었기에 서귀포의 바람은 제주도에서도 가장 따뜻하고, 서귀포의 물것들 또한 우리나라에서 가장 달게 맛이 드는 게다. 멀지 않아 봄바람이 불어올 게다. 이 세상의 제일 낮고 제일 따뜻한, 더 이상 울음이란 울음은 죄다 녹여 버리는 그런 따뜻한 서귀포의 바람 말이다.

그때 나는 혼자였고, 추웠고, 젖어 있었다. 그리고 그때 나는 일상에 지쳐 있었고, 도망치고 싶었고, 어디론가 귀의

하고만 싶었다. 그때 나는 서귀포를 보았다. 꼭 꿈만 같은 서귀포의 나지막한 돌담과 나지막한 처마와 따듯한 바람을. 그리고 언젠가 꼭 한번 서귀포의 그 돌담과 처마와 그 바람에, 게뚜껑만한 방에, 한 1년 남짓 그렇게 망명하고 싶다, 그렇게 너랑.

서귀포 서귀동 512번지였던가

서귀포에 겨울비가 내리는 동안

이중섭이네 네 가족이 살았다는 게뚜껑만한 방을

알을 슬듯 품고 있던 초가집 처마는

무작정 수평선 밑이 궁금한

섶섬 자락을 닮아 가고 있었다

허술히 어깨를 푼 서귀포 이중섭이네 돌담은

검게 젖은 처마의 눈 밑을 훔쳐 주고

자꾸만 처지는 처마의 고개를 세워 주며

서귀포의 수평선을 닮아 가고 있었다

서귀포 이중섭이네 집에서 나는

빗물에 겨워 자꾸만 낮아지는 초가집 처마처럼

제 외로움에 겨워 오래 서 있었고

돌담은 내 생의 무거운 짐을 어깨에 메고

긴 팔로 나를 에워 두른 채 서성였다

서귀포에 비 내렸다 그렇게 한평생을

게뚜껑보다 더 깜깜한 내 몸을 감싸 안은 채

웅크린 언 발을 녹여 주며

돌담처럼 우두커니

빗물에 불던 너의 신발

졸시, 정끝별, 〈서귀포의 돌담〉

내가 이처럼 경이로운 여행을 하는 것은
그 놀라움으로 나 자신을 기만하기 위해서가
아니다. 내가 보게 된 것들을 통해
나 자신을 재발견하기 위함이다.

괴테

정미경

2001년 세계의 문학 소설 부문에 단편소설 〈비소여인〉으로 작품 활동 시작. 미묘한 정서를 전하는 섬세한 문체로 진지하고 강렬하게 존재와 삶을 담아냄. 소설집 《나의 피투성이 연인》, 《발칸의 장미를 내게 주었네》, 《내 아들의 연인》과 장편소설 《장밋빛 인생》, 《아프리카의 별》, 《이상한 슬픔의 원더랜드》 등을 출간. 오늘의 작가상과 이상문학상 수상.

사막을 견뎌 내는 삶,
아프리카

정오를 넘은 시각, 길이 사라진 지는 오래다. 모래 속 광물질이 태양에 달구어져 사막은 붉은 분홍으로 빛나고 있었다. 눈 닿는 사방은 온통 모래 천지였다. 사막여우도, 전갈도, 독을 품은 뱀도 한낮의 태양을 피해 숨어 버렸다. 사막은 텅 비었고 동시에 모래로 가득 차 있었다. 가마솥처럼 후끈 달아오른 채 모래 위를 달리던 밴이 멈추어 섰다. 우리는 땀을 삐질삐질 흘리며 차 밖으로 나왔다. 몽환적인 더위가 온몸을 푹 감쌌다.

낡은 천막이 금방이라도 벗겨져 날아갈 듯 휘날리고 있었다. 벽도 테이블도 없이 작살 같은 햇살만 간신히 가린 노천카페였다. 나무판자에 손으로 휘갈겨 쓴 카페 이름은

바그다드카페. 그야말로 영화 〈바그다드카페〉의 한 장면과도 같았다. 한번 보면 결코 잊을 수 없는, 그리고 그 주인공들을 사랑하지 않을 수 없는 영화. 버스 여행 도중 남편과 싸우고 낯선 사막 한가운데 내려선 여자 야스민이 어디선가 걸어올 듯했다. 목까지 꽉 채운 검은색 정장 차림으로. '콜링 유우우 Calling You……' 길고 나른하게 이어지는 영화의 주제가가 들려올 듯한 분위기였다. 정오의 사막에 그 노래보다 더 잘 어울리는 음악이 또 있을까. 그러나 눈앞의 바그다드카페엔 다만 바람과 태양만 가득했다.

흰 터번을 두른 베르베르 남자가 나무 탁자 앞에 서서 뜨거운 커피와 달디단 박하차를 만들어 주었다. '프라푸치노'라든가 '아이스' 같은 단어는 떠올리는 것만으로도 지나친 사치를 부리는 것 같아 묵묵히 내 몫의 커피를 마셨다. 어느새 원두를 물에 끓여 만드는 독한 커피 맛에도 익숙해졌다. 머리카락이 바람에 날리며 뺨을 때렸다. 막힌 데가 없어 그런지 사막의 바람은 거의 토네이도급이었다. 이 독한 태양과 바람 아래 한나절만 서 있으면 산 채로 육포가 될 것 같았다. 선글라스를 썼는데도 눈앞 풍경은 수술실처럼 환했다. 밤은 영원히 오지 않을 것 같았다.

"곧 아프리카를 배경으로 한 소설을 읽을 수 있겠군요?"

옆에서 박하차를 마시고 있던 K가 사람 좋은 웃음을 지으며 그렇게 물었을 때 나는 왜 그리 발끈했을까.

"아니요. 그럴 일은 없어요. 아프리카는…… 너무 멀어요."

정색을 하고 딱 잘라 말하고는 고개까지 저었다. 내 목소리는 신경질적이었고 미간에 주름도 두어 개 잡혀 있었을 것이다. K는 머쓱한 낯빛으로 더는 말이 없었다. 웃으면서 애매하게 얼버무릴 수도 있지 않은가. "글쎄요, 언젠가는……." 그런 식으로. 나이도 한참 어린 사람인데.

물론 멀다는 것은 비행시간을 말한 것은 아니었다. 그

것은 심리적인 거리를 얘기한 것이었고 한국과 아프리카, 그 두 장소를 연결할 문학적 고리 같은 건 없으리라는 말이었다.

바닷가 휴양지라면 몰라도, 여행이 길어지면 누구나 날카로워진다. 집을 떠난 지 스무 날이 지나고 있었다. 배탈과 몸살과 기관지염을 돌아가면서 앓았고 후유증으로 목소리도 잘 나오지 않았다. 샤워도 제대로 못한데다 햇볕에 탄 머리카락은 수세미처럼 푸석했지만, 내가 그에게 퉁명스레 대한 건 여행의 피로 때문이 아니었다.

내게 이 여행은 일상으로부터의 도피였다. 막 책이 나온 후였다. 책이 나오면 당분간은 책 뒷바라지를 해야 한다. 인터뷰도 해야 하고 필요하면 낭독회도 해야 하는데 나는 머나먼 곳, 북아프리카로 달아나 버렸다. 아이를 낳고는 멀리 도망친 모성애 없는 어미처럼. 이건 책에게도 편집자에게도 예의가 아니었다. 편집자는 속으로 화가 났을 것이다.

그렇지만 내가 얼마나 힘든지를 안다면 용서해 주겠지.

　오랜 공백 끝에 다시 소설을 쓰기 시작한 이후로 8년의 시간이 흘렀다. 쓰지 않으면 더 이상 못 견딜 것 같아 시작했지만 돌이켜 보니 전쟁 같은 세월이었다. 친구도 만나지 않았고 휴가를 간 적도 없었다. 모임이 있어도 친구들은 더 이상 연락을 하지 않았고 계절은 텔레비전의 화면 속에서 어느새 바뀌어 있곤 했다. 어느 순간 껍데기만 남았다는 생각이 들었다. 몸도 마음도……. 안식년까지는 아니어도 안식월 정도는 가져야 했을 것이다. 몸이 좋지 않다는 걸 느끼면서도 병원에 가진 않았다. '검사를 하면 어딘가 한 군데쯤은 문제가 있을 것' 같은 두려움이 있었다. 매번 '이번 마감만 해 놓고 가 보리라.' 하면서 계절을 몇 번 넘겼다.

　어느 날 선배 언니와 만나 얘기를 하던 중 무심코 내 손을 본 그가 손목을 쥐었다. "너 단무지 공장에서 일하니? 손 색깔이 왜 이래?" 그러고 보니 선배의 발간 손바닥 옆의 내 손은 정말 싸구려 단무지 색깔이었다. 등 떠밀려 병원에 갔고 별일 아니라는 말을 듣고자 했던 바람과는 달리 몸의 한 군데가 고장이 난 지 오래였다. 빈혈은 다만 그 병의 결과였다. 차트를 들여다본 의사선생님이 말했다.

"산술적으로 말하자면, 보통 사람이 몸에 열두 병의 피가 있다고 할 때, 지금 여덟 병이 안 되네요. 자주 어지럽지 않았어요? 빨리 걸으면 가슴이 뛰지 않았어요?"

그렇다고 인정하면 당장 온몸에 주렁주렁 줄을 달고 눕혀 놓을 기세였다. 나는 병원 공포증이 있다. 숨이 막히는 것 같아서 병문안을 가서도 물 한 모금을 못 마신다.

"별로……."

나는 말꼬리를 흐렸다.

"그래요? 이상하네……."

이해할 수 없다는 듯 의사선생님은 고개를 저었다. 그동안 건강검진 한 번 하지 않고 살아왔다. 내가 무슨 터미

네이터라고.

몸이 아프고 보면, 세상의 사람은 두 부류로 나누이진다. 병든 사람과 건강한 사람. 같은 시간과 공간에 있어도 그 둘은 다른 세계에 속한다. 빛과 어둠의 세계처럼. 병은 질투심 강한 연인처럼 군다. 아무 데도 한눈팔지 말 것을, 집중할 것을, 전부를 자신에게 줄 것을 요구한다. 어쩔 수 없이 병은 한동안 내 일상 전체를 지배하는 연인이었다.

난생처음 MRI 기계 속으로 들어가 눕던 날, 나는 세상의 모든 아픈 사람들의 고독을 비로소 이해했다. 그 유선형의 기계는 우아하고 아름다웠지만 그 안에서 나는 우울하고 고독했다. 간호사가 스펀지로 된 귀마개를 꽂아 주었는데도 귓속으로, 살갗으로, 온몸의 구멍을 통해 집요하게 파고드는 울트라송의 기이한 울림이 몸을 꽉 채웠다. 우오우오우오우……. 마치 무언가 긴 것이 꿈틀거리듯 파동하는 그 울림을 듣고 있노라니 온 우주가 그 소리로만 가득 찬 듯했다.

싫은 것도 해야 하는 게 인생이겠지. 체념하고 그 소리의 강물 위로, 뗏목에 실려가듯 몸을 맡겼다. 몸에 와서 부딪친 그 울트라송이 내 몸 안의 등고선을 연결해 지도를 그리는 동안 온갖 생각이 머릿속을 스쳐 갔다. 나 자신을 돌보지 않고 언어의 세계 속에 빠져 살았던, 드라큘라처럼 햇살과 바람 대신 반지하 작업실의 어둠과 습기 속에 틀어박혀 언어와 씨름한 그 시간들이 나를 이렇게 만들었을까? 대체로 점심을 건너뛴 데 대한 몸의 반란일까? 그나저나 이렇게 스트레스를 받다 보면 더 나빠지는 것은 아닐까?

세상에 내 몸 아닌 어떤 것도 무의미한 시간이 흘러갔다.

그 와중에 책을 한 권 내고, 나는 말하자면 지구 반대편 쯤으로 날아온 것이다. 병든 운명을 전복시킬 수 있을까 하는 마음으로. 소설의 소재를 얻겠다는 계획 같은 건 애초에 없었다. 오히려 글의 세계로부터 달아날 수 있는 가장 먼 곳을 찾아 막 도망쳐 온 터였다. 오지랖 넓은 K의 말이 반가울 리가 없었다. 아프리카를 배경으로 한 소설은커녕 나는 내 몸 어느 구석에 혹시 묻어 있는 언어의 한 조각마저 털어 내고 싶었다. 여행에서 처음 만난 K가 그런 내 사정을 알 리 없다. 다만 소설가라는 사실 외엔.

마지막 모금을 삼키고 나자 조그마한 찻잔 아래 모래 알갱이 몇 개가 녹지 않은 설탕처럼 남았다. K가 사진을 찍어 주었다. 성격 좋은 K. 나 같으면 최소한 2시간은 말을 안 했을 텐데.

풍경으로서의 사막과 그 안에서 먹고 마시고 잠들어야 하는 사막은 완전히 다른 공간이다. 모래는 혀 아래, 어금니 사이, 귓구멍, 눈 속까지 집요하게 들러붙는다. 음식과 함께 입에 들어온 모래 알갱이를 조용히 씹어 삼킬 수 없다면 사막에 들어가지 말아야 한다. 폭력적인 햇살, 입에 맞지 않는 현지 식사, 솥단지처럼 뜨거운 밴 안에서 종일 이동을 해야 하는 빡빡한 일정. 체력은 일찌감치 바닥이 나고

목소리는 점점 작아져 말을 하면 바람 소리 같은 게 '쉿 쉿' 나왔다. 그럼에도 집으로 돌아가고 싶다는 생각은 들지 않았다. 한 달 가까이 참 넓고 먼 곳을 떠돌았다. 가우디의 건축보다 더 매혹적인 것은 사막 가운데 홀연히 나타난 폐허들이었다. 가장 아름다운 길은 어디에서 어딘가로 가는 중간쯤의 이름 모를 길이었다. 페즈의 메디나, 그 미로 같은 시장에서는 길을 잃고 그만 거기서 한 생을 살고 싶은 골목길을 만나기도 했다.

가이드는 사막엔 중독이 있다 했다. 중독이라니. 내 안의 무엇이 저 황량함과 조응하는가. 아니면, 나는 돌아가는 것을 두려워하고 있는 걸까. 내 육체를 갉아먹은 그 습한 작업실로.

사막 깊숙이 들어가는 동안, 무성하던 지중해변의 올리브나무 숲은 말라 비틀어져 서 있는 몇 그루로 바뀌고 그마저 사라져 버린다. 누렇게 마른 사막 풀만이 몸을 둥글게 말고 물이 있는 곳으로 데려다 줄 바람을 기다린다. 그곳에서 나는 풍경에도 고통이 있다는 걸 보았다. 이글거리는 태양 아래, 웃통을 벗은 아이들이 휘발유가 담긴 플라스틱 통 옆에 서서 달리던 차들이 멈추고 비싼 휘발유를 사길 기다리며 하염없이 서 있었다. 산 것은 아무것도 없는 것처럼 보이지만 사막에서도 삶을 이어 가는 자들이 있는 것이다.

노매드Nomad.

유목이란 그 단어를 우리는 어떻게 남용해 왔던가. 아무것에도 얽매이지 않고 바람처럼 자유롭게 떠돌며 사는 매혹적인 삶. 노매드란 단어는 그런 이미지로 소비되고 있지만 그 어원이 된 곳의 현실은 달랐다. 생의 근거가 되는 양 떼들을 이끌고 물과 풀이 있는 장소를 찾아 이곳에서 저곳으로 떠도는 유목민의 삶의 모습은 가혹했다.

그들이 머무는 장소는 집이라 할 수 없었다. 그저 사막 위에 찍어 놓은 한 점이었다. 긴 나뭇가지를 모래에 꽂아

놓고 원래의 색을 짐작할 수 없는 천 조각을 묶어 놓은 게 전부였다. 그 집 혹은 벽은 바람을 따라 끊임없이 펄럭였다. 거기에 비하자면 고시원이나 옥탑방 정도는, 그야말로 오성급 호텔이라 할 만했다. '노매드'라는 말에서 자연스레 연상되는, 카고팬츠나 리넨셔츠 같은 달콤하고 우아한 방랑, 혹은 자유의 느낌 같은 건 한 조각도 찾을 수 없었다.

짐승이라고 나을까. 유심히 살펴보았지만 흩어져 있는 양 떼 중에서 우아하게 하늘이나 먼 지평선을 바라보며 이곳이 아닌 저곳, 더 나은 이상향을 꿈꾸는 짐승은 한 마리도 보지 못했다. 모두 마른풀 한 가닥이라도 더 찾아내기 위해 하루 종일 묵묵히 모래에 코를 박고 있었다. 아! 생이란 얼마나 경건한 것인가.

그 검은 황홀의 대륙에서 이제 돌아갈 때가 되었다는 생각을 하게 한 건, 모래에 코를 박고 있던 그 짐승들 때문이었다. 어디 사막 아닌 곳이 있을라고. 여기가 모래와 태양의 사막이라면, 그곳 역시 강철과 콘크리트와 소음의 사막이 아니겠는가. 모름지기 삶이란 그 자리에서 견뎌야 하는 것. 말을 할 줄 안다고 해서 저 짐승들 앞에서 엄살은 떨지 말자.

집으로 돌아오고 몸이 회복되자, 무수한 욕망들이 다시 내 속에 자리 잡았다. 욕망이란 육체에 깃드는 것이구나. 작업실로 돌아온 나는, 그 양들처럼 책상에 코를 박고 한동안 지냈다. 지난여름, 나는 겁나게 먼 그곳, 아프리카를 배경으로 한 소설을 출간했다.

편집자가 전화 통화 끝에 물어보았다.

"선생님, 이번에도 책 내고 어디 가시는 거 아니에요?"

"아무 데도 안 가요."

새로 나온 책에 사인을 해서 K에게 한 권 보내 주었다. 그에게는 거짓말을 한 셈이 되었다. 아아, 이런 거짓말이라면 1천 번이라도 하고 싶다.

방랑자는 인간이 즐길 수 있는
최고의 향락을 누리는 사람이다. 기쁨이란
한때뿐이라는 걸 머리로 알고 있을 뿐 아니라
직접 맛볼 수 있기 때문이다. 방랑자는 잃어
버린 것에 연연해하지 않으며
한때 좋았던 장소에 뿌리를 내리려
안달하지 않는다.

헤르만 헤세

함성호

1990년 〈문학과사회〉 여름호에 시를 발표. 1991년 〈공간〉 건축평론신인상 수상. 시집
으로 《56억 7천만 년의 고독》, 《성 타즈마할》, 《너무 아름다운 병》이 있으며, 티베트 기
행산문집 《허무의 기록》, 만화비평집 《만화당 인생》, 건축평론집 《건축의 스트레스》를
출간. 현재 건축실험집단 〈EON〉대표임.

국경, 마치 거듭되는
전생의 만남처럼

예전엔 매년, 그리고 노동시간이 줄어들면서 이제는 매주 사람들은 도시를 떠난다. 다들 가까운 산으로, 혹은 먼 산을 찾아, 물 맑은 곳을 찾아, 도시를 벗어난다. 그렇게 막히는 고속도로 위에 나도 있다. 우리나라 전체 인구의 93퍼센트가 넘는 사람들이 도시에 살고 있는 지금, 도시인들은 무엇을 찾아 도시를 떠나는 것이 아니라, 그냥 도시를 떠나는 것이 목적인 듯하다. 좀 더 먼 다른 나라를 찾아가는 여행도 별반 다를 것은 없다. 그래서 여행보다는 여행을 준비하는 것에 더 설레는 것이겠지. 영원히 아스팔트에 붙박이 조형물처럼 남겨질 것 같은 고속도로 위에서, 비행기를 타기 위해 공항에서 웅성이는 한 무리의 여행객들을 보면서, 도대체 풍경은 어디에 있는 것일까 생각한다. 한 여행객이 혼자 공항 의자에 앉아 어딘지 알아보기도 힘든 복잡한 지도를 펴 놓고, 골몰해 있다. 어디를 가려는 걸까? 인도? 중국? 아니면 유럽인지도 모르지. 그 지도에는 나도 있다.

국경을 넘는다는 것은 좀 위태하다. 무수히 많은 국경을 넘어 다녔지만, 나는 항상 국경을 넘을 때마다 두렵다. 누가 꾸려 준 것도 아닌, 온전히 내가 만든 내 가방 안에 무엇이 들었는지 내가 자신할 수 없어지는 것도 그때이고, 여권을 좁은 책상에 놓으며 완전히 타인의 시선에 나를 맡겨

놓는 것도 그때이고, 그럴 때마다, 나는 내가 나라는 것을 증명할 길이 없을지도 모른다는 생각이 든다. 도대체 그들의 컴퓨터 화면에 나라는 사람은 어떤 모습일까? 나는 혹 위험하지는 않을까? 나는 혹시 불법 노동자는 아닐까? 마약 운반책인가 나는? 도망자일지도 몰라. 그들에게 나는 누구일까?

네팔에서 인도로 넘어오던 국경에서 우리는 검색을 받았다. 우연히 만난 여행객 셋이 카트만두에서 친해졌고, 히말라야를 오르며, 살아서 이 산을 내려오게 되면 인도로 같이 가자고 약속했다. 고소 증세와 배고픔과 추위에 시달리면서도 우리는 살아 있었고, 살아 있다는 것 때문에 사단이 났다. 우리 셋의 짐이라고 해 봐야 모두 가방 세 개가 전부였다. 검색대도 없고, 창구도 없는, 단지 껍질을 벗긴 길고 가느다란 나무 하나가 가로누워 있는 소나울리 국경 마을.

거기서 우리는 짐을 검색하는 경찰과 싸웠다. 처음에 나는 사생활을 너무 깊숙이 건드리고 있는 경찰에게 항의하는 줄 알았는데 싸우다 보니 다른 사람들은 그게 아니었다. 필요 이상의 화를 내고 있었다. 나는 슬그머니 꼬리를 내렸다. 뭔가 이건 아니다 싶었다. 일행 중 한 사람이 서슬이 퍼렇게 화를 내자 순진한 경찰은 몇 번 언성을 높이다 수그러들었고 우리는 가로놓인 나무를 건너 인도로 들어왔다. 너무 어이없는 국경이 아닌가. 나는 일행에게 왜 그렇게 목소리를 높였느냐고 묻지 않을 수 없었다.

"응. 가방에 어제 피우다 남은 하시시가 숨겨져 있었거든."

아. 그랬구나. 큰일 날 뻔했다.

국경을 등지고 내가 여행했던 저편과 멀어진다. 그리고 그 너머에는 티베트와 네팔의 국경이 있었다. 히말라야에서 흐르는 자그마한 개울에 나 있던 다리. 그것이 티베트와

네팔의 국경이었다. 종일을 걸어 비로소 멀리에 있는 그 다리를 본 나는 얼마나 설레었던가. 국경을 넘는 두려움의 정체는 설렘이었나? 황량한 티베트의 고원을 걸어서 히말라야를 넘으며 마주한 녹색의 숲. 비 내리던 숲으로 구절양장처럼 나 있던 길의 경계에서 마주한 국경의 다리는 소박했고, 그래서 더 아름다웠다. 그리고 내 여권에 찍힌 소인은 오늘 내로 이 나라를 떠나라고 등 떠밀고 있었고. 그래서 내 여권을 살피던 어린 중국인 관리는 짓궂게 웃으며 출국 도장을 찍었다. 국경의 개울물 소리가 쿵, 하는 소리와 함께 녹음이 우거진 숲으로 밀려났다.

지금 지도를 보고 있는 저 사람은 아무것도 모르리라. 그 지도 위의 길에서 어떤 풍경들을 만나게 될지. 축복, 축복을. 풍경은 언제나 자신의 내부에 있다. 우리가 어디에서 무엇을 보든 그것이 자신의 내부에서 울리지 않으면 우리가 본 모든 것은 그저, 건물이고, 나무고, 강일 뿐이다. 티베트에서 보았던 무수한 별들, 몽골의 바람, 그 호수, 반딧불이가 아름답게 떠다녔던 콸라 셀랑고르의 맹그로브 숲, 그 모든 것들은 이미 내 내부에 있었다. 나는 그걸 본 것일 뿐이다. 여행은 목적지가 없는 과정이다. 우리의 생 자체가 그렇지 않은가. 아이들이 자라고 어른이 되어 또 자신의 자식을 보면서, 우리는 아무런 보상이나 연민 없이 행복하고 감사해 하지 않는가? 끝없는 여행. 우리는 목적지 없는 행복한 여행을 하고 있는 중인 것이다.

가만히 내가 여행했던 고장들을 떠올려 본다. 태양이 강렬했던 티베트, 인도의 하루 같았던 네팔, 그리고 그 깊은 눈의 인도인들……. 초원을 달리던 몽골의 아이들, 오키나와의 노을, 방콕의 길거리들, 필리핀의 야자수들, 그리고 소쇄원의 눈 내리는 소리. 그리고 내가 만난 사람들. 히

말라야 요기 신도사, 다람살라의 라마승 청전, 화엄사의 종
서, 빌라 에베레스트에서 만났던 동권, 여행자 라현, 구도
자 미향, 네팔에서 만난 비를리, 티베트에서 만난 독일인
연인들, 이름 모르는 씩씩했던 이스라엘 소녀들, 영어 못한
다고 구박했던 영국인 아줌마…… 그리고 스즈키. 나와 만
날 때까지 스즈키는 10년 동안이나 세계의 이곳저곳을 떠
돌았다고 했다. 일찍 일본을 떠나 미국에서 생활하던 그가
여행을 시작한 지 10년째, 티베트는 처음 찾아왔다고 했
다. 그는 나에게 전설이면서 실제하는 산 카일라스의 존재
를 알려 주었다. 힌두와 불교의 성지인 그곳. 일곱 겹의 황
금산이 둘러싸고 있고, 우주의 중심축인 산. 그 윤회와 환
생의 비밀이 기대고 있는 산의 정체로부터 그와 나의 대화
는 시작되었다. 우리는 그 산에 가 보기로 했다. 그리고 마
치 국경을 넘듯 그와 나의 만남과 헤어짐이 시작되었다.

나는 그와 티베트의 수도 라사에서 헤어졌다가 시가체에서 다시 만났고, 라체에서 다시 헤어졌다. 라체에서 헤어지며 우리는 팅그리에서 만나기로 약속했다.

"함, 비자 기간이 얼마 안 남았다. 나는 팅그리에 도착해서 3일간 너를 기다리겠다. 꼭 무사히 만나자."

그러나 나에겐 비자 기간 따위는 아무래도 좋았다. 나는 그 산에 가 보고 싶은 마음에 그와의 약속은 어차피 지키지 않을 생각이었다. 그리고 나는 라체에서 혼자 남아 카일라스로 가는 방법을 백방으로 수소문하다가 결국 실패했다. 그리고 그와의 약속을 떠올리며 팅그리로 향했다. 그렇게 팅그리에 도착한 나는 그를 찾았다. 그가 무사히 거기에 도착했다면 만나지 못할 리가 없었다. 팅그리는 너무 작은 마을이기 때문이었다. 그러나 그는 거기에 없었다. 어떻게 된 일인가? 무슨 사고가 있었나? 나는 거꾸로 그를 거기서 3일을 기다렸지만 들려오는 소식은 흉흉했다. 나는 필시 그에게 변고가 있는 거라고 짐작했다. 그러나 나도 이젠 막연히 기다릴 수만은 없었다. 그렇게 팅그리를 떠났다.

"스즈키 상, 제발 무사하라."

그렇게 빌며 국경무역을 하는 트럭을 얻어 타고 가다 하루 묵게 된 마을에서 나는 내가 얼마나 바보 같은 짓을 하고 있었는지 알게 되었다. 히말라야의 준령들이 한눈에 보이는 곳, 마치 하늘 한가운데 와 있는 것 같은 마을, 거기가 바로 팅그리였다. 그러면 내가 묵었던 곳은 뭔가? 거기도 팅그리였지 않나?

"아, 거기는 뉴팅그리다."

뉴팅그리는 초모랑마로 가는 산악인들을 위해 새로 만들어진 마을이라는 설명이었다. 그렇다면 스즈키는 여기서 나를 기다렸다는 말인가?

"일본인이 여기서 누굴 기다린다고 3일간 묵다 그저께 떠났다. 보통 여기서 3일씩 묵는 사람은 없다."

여관 주인의 말이었다. 그렇게 우린 헤어졌다.

나는 국경을 넘어 카트만두에 도착했다. 또 낯선 곳. 나는 지금 공항에서 지도에 골몰하고 있는 여행객처럼 시내의 서점에서 지도를 뒤지고 있었다. "독립군!" 나를 이렇게 부르는 사람들은? 라사에서 만난 일행들 중 둘이었다. 우리는 반가움에 눈 오는 날의 강아지처럼 깡총깡총 뛰었다. 카트만두여, 그때 너는 얼마나 아름다웠는가? 우리는 또 술집을 전전했고, 사람들을 만났고, 히말라야도 갔고, 밤새 이야기꽃을 피웠다. 그러다 어느 날 저녁, 거리를 어슬렁대다 앞에서 익숙한 뒤통수를 발견했다. 스즈키였다. 그날 스즈키와 나는 밤새 술잔을 기울이며 팅그리와 뉴팅그리를 가지고 놀았다. 스즈키는 인도로 간다는 내 말에 그러면 꼭 바라나시를 들러 보라고 했다.

"그러지. 그런데 거기에도 혹 뉴바라나시가 있는 건 아
닌가?"

웃었다. 그리고 헤어졌다. 그리고 바라나시에 갔을 때,
그 강의 비현실적인 몸을 만졌을 때 나는 왜 스즈키가 이곳
에 가 보라고 했는지 알 것 같았다. 시체를 태우는 희뿌윰
한 연기처럼 바라나시도, 갠지스 강도 너무 멀리 있었다.
그리고 거기서 스즈키를 만났다. 포옹. 뉴바라나시 같은 건
없었다. 그리고 그것이 그와의 마지막 만남이었다.

스즈키와 나의 국경은 그렇게 사라졌다. 모든 것이 우
연이었고, 우리는 그 우연이 허락하는 동안만 같이 여행했
다. 정주하지 않았으므로 우리는 헤어졌고, 다시 만날 때까
지 우리는 혼자였다. 이들과 같이했던 내 여행의 소중한 부
분들을 나는 잊지 못한다. 처음부터 마지막까지 만나고 헤

어짐을 반복했지만 우리에게는 그저 아무렇지도 않은 일
상이었다.

여행이라는 것이 아무렇지도 않은 일상이 되어 버렸을
때 나는 비로소 여행자가 되어 있었다. 우리는 히말라야에
서도, 인도에서도, 티베트에서도 서울의 어느 일상과 다름
없이 먹고 자고 놀고, 웃었다. 볼거리를 찾아 여기저기 기
웃대지 않았고, 예약하지 않았고, 사진도 찍지 않았으며,
시간에 허둥대는 일도 없었다. 생각해 보라. 앞의 모든 것
을 다 하지 않으면 허둥댈 일이 뭐가 있겠는가. 더군다나
인도는 당시만 해도 기차 시간에 훨씬 늦게 도착해도, 가서
기다리면 30분 후에야 그 기차가 오는 지경이었으니 말해
더 무엇하리.

스즈키는 네슬레에서 나온 이유식 병을 항상 갖고 다녔
다. 아침이면 거기에 뜨거운 물을 담고 라면을 부숴 넣으면

한 끼가 해결되었다. 히말라야 요기는 생식을 했던 사람이라 식성이 까다로웠다. 라현은 참고 먹는 편이었고, 나는 뭐든지 잘 먹었다. 요기와 있을 때는 그의 까다로운 식성 탓에 호강하는 건 항상 나였다. 개개인의 식성에도 항상 국경이 존재했다.

티베트에 있을 때 요기가 메기 한 마리를 사 가지고 왔다. 그는 메기를 압력솥에 넣고 요기는 항상 압력솥을 갖고 다녔다. 맹물에 죽염만 넣고 푹 끓였다. 생선 요리를 먹어 본 지 하도 오래된 터라 우리는 모두 기대에 차서 솥 주변을 떠나지 않았다. 그리고 마침내 두껑을 열었을 때 우리는 실망했다. 어죽 같은 것을 기대했던 우리는 살점 하나 흐트러뜨리지 않고, 마치 뜨거운 물속을 헤엄치듯 고스란히 남아 있는 메기 한 마리를 보고 놀랐다. 도력이 상당한 메기라는 생각 뿐이었다.

이걸 어떻게 먹지? 다들 숟가락을 들고 난처해 할 때 자리를 박차고 먼저 일어나 식당으로 향한 사람은 라현이었다. 그리고 먼저 살 한 점을 떼어 맛본 사람은 당연히 요리사인 요기였다. 맛있다. 나는 반신반의, 조심스럽게 젓가락으로 한 점 떼어 맛보았다. 아, 그 기막힌 감칠맛과 향은 지금도 잊을 수가 없다. 그리곤 다들 달려들어 국물까지 깨끗이 비웠다. 많은 사람의 실망스런 얼굴에 당황하던, 그리고 나중에는 득의양양하던 요기의 표정이 생각난다. 지금은 그립고, 먼 국경이다.

요기는 다람살라에서 토굴을 파고 혼자 수련 중이었다. 수행 중에 몸에 병이 났고, 그는 스승 없이 하는 공부에 한계를 느꼈다. 그래서 히말라야에 스승을 찾아 왔고, 결국 스승은 만나지 못한 채 해발 5,600미터 고락에서 수행을 포기했다. 나는 그의 긴 머리를 잘라 주었다. 그의 엉덩이

까지 내려오던 머리카락은 인간의 육신이 죽으면 무엇이 되는지 내게 알려 주었다. 먼지. 인간의 신체 중에서 머리카락은 먼지와 가장 닮아 있다.

그리고 나는 아직 여행자다. 매번 한국에 들어갈 때마다 이제 돌아간다는 안도보다 비자를 받지 않아도 되는 것에 안심이 된다. 그리고 매번 감탄한다. 눈부시게 푸른 한국의 하늘에. 공항에서 들어오다 만나는 한강에. 어쩌면 히말라야의 요기와 스즈키 상은 다른 세계의 같은 인물이었는지도 모른다. 그 다른 두 세계는 놀랍도록 닮아 있었다. 그리고 결국 그들이 가고 있는 목적지도 하나일 것이다. 스즈키 상은 아직도 어딘가를 떠돌고 있을 것이다. 마찬가지로 히말라야 요기도 어딘가를 떠돌고 있을 것이다. 나도 이 일상에서 떠돌고 있다. 만일 여행의 새로움이 존재한다면 일상의 늘 보는 풍경 역시 신기이다. 해 아래 새로운 것은

없다지만 모든 것을 새롭게 보는 눈을 가진 자는 진정 행복
할 것이다. 그렇다면 우리의 여행도 영원하다. 나는…….
나의 만남이 아직 끝나지 않았다면 나의 여행도 계속되고
있을 것이다. 마치 거듭되는 우리 전생의 만남들처럼.

존재하기 위해서 생존하기 위해서 떨쳐 버리기
위해서 여행한다. 스스로 설명하기 위해서는
무의식의 저쪽까지를 탐험할 필요가 있다.

폴 모랑

함정임

이화여자대학교 불문학과를 졸업해 중앙대학교 대학원에서 박사 학위 받음. 동아일보 신
춘문예에 단편소설 〈광장으로 가는 길〉이 당선되어 문단에 데뷔. 소설집 《이야기, 떨어지
는 가면》, 《밤은 말한다》, 《동행》, 《당신의 물고기》, 《버스, 지나가다》, 《네 마음의 푸른
눈》, 《곡두》, 중편소설 〈아주 사소한 중독〉, 장편소설 《행복》, 《춘하추동》 등을 출간. 현재
동아대학교 문예창작학과 교수로 재직 중.

봄여름겨울, 그리고 가을
－통영에서 나스카까지

봄-통영, 샛길로 접어들다

비 내리는 4월. 통영국제음악제에 갔다가 1시간여 빗속을 걸었다. 음악제가 열리는 남망산 기슭 시민문화회관에서 그 앞 조각공원을 지나, 경사진 언덕 마을의 골목길로 발길을 옮겼다. 주황색, 파랑색 지붕들을 타고 빗줄기가 흘러내렸다. 바닷가 가옥들의 벽이며 지붕, 창문과 대문의 형식을 감상하다가 나도 모르게 끝이 어디로 이어지는지 모르는 샛길로 들어섰다. 고개 들어 앞을 보니 배들이 정박해 있는 항구가 발아래 보였다. 강구안이었다. 밤새 내렸던 비가 그치려는지 항구 너머 비구름이 하늘로 꺼들려 올라가고 있었다. 4월의 동백꽃, 아니 통영의 동백꽃이 피고, 피었다가 봄비에 떨어져 길가에 뒹굴고 있었다. 눈앞에 펼쳐진 장면은 강렬하게 눈길을 잡아끄는 것 없이, 하찮다면 하찮았다. 사진적으로 보면, 거기엔 내 눈을 찌르는 '그 무엇 punctum'이 없었다. 나는 한겨울에도 동백꽃이 피어 있는 항도 부산에서 하루 나들이를 간 터라, 또 빼어난 오솔길을 품고 있는 해운대 달맞이언덕 아래 살고 있는지라, 눈앞에 펼쳐진 장면에 새삼 감탄하여 카메라 셔터를 누르는 행위는 하지 않을 것이었다. 그런데 통영에서 돌아와서 한참 뒤 무심코 사진 파일을 열어 보니 '오솔길, 세 그루의 소나무와 동백꽃'

이 영원히 붙잡혀 있었다. 여기에 무엇이 있는 걸까. 더 이상, 심오함을 원하지 않았다. 그곳에 이르도록 나는 하루에도 몇 번씩 '가야만 하는 길'로부터 다른 길로 도망치고 있었다. 늘 '어쩔 수 없이' 돌아가는 '세상의 강박'으로부터, 저만치 떨어져 피었다가 지고 있는 붉은 꽃의 순연한 생과 마주쳤다. 오직 옆으로 빠졌을 때에만, 샛길로 빠졌을 때에만 닿을 수 있는 세계가 아닌가. 나는 그 앞을 그냥 지나가지 못했다.

여름-빈, 영원의 침대

100년 만의 홍수가 동유럽을 휩쓸고 간 2002년 여름, 나는 하루하루 도나우 강물의 수위水位를 가늠하며 유령처럼 빈Wien 시내를 떠돌아다녔다. 한줄기지만 국경을 지나면서 여러 이름으로 불리는 강이 범람해 프라하와 드레스

덴의 역과 철도가 잠겨서 꼼짝없이 빈에 발목이 잡혔던 것이다. 이왕 그렇게 된 차에 여유롭게 빈 도심과 외곽지를 오갔는데, 어느 날에는 트램을 타고 중앙 묘지에 가서 베토벤과 쇤베르크 옆에 머물다 오고, 어느 날에는 머물던 호텔 옆 벨베데레 궁의 오스트리아 미술관에서 클림트와 에곤 실레의 그림들 앞에 서 있다 오고, 그리고 어느 날에는 빈 대학에 갔다가 특별한 목적이 있는 것은 아니었다. 어딜 가나 대학과 서점을 찾아가고야마는 습벽이 있다. 지척에 있는 베토벤 하우스를 방문하기도 하고, 또 베르크가세 거리에 있는 프로이트 하우스의 벨을 누르기도 했다. 지난 20년간 세상의 수많은 묘지들만큼이나 작가의 집들을 찾아다녔다. 빈의 베토벤 하우스, 풍문에 빈에는 수십 곳의 베토벤 하우스가 있다고 한다! 칼프의 헤세의 집, 케냐의 카렌 블릭센의 집, 프라하의 카프카 생가, 파리의 발자크의 집, 위고의 집, 더블린의

266

조이스의 집……. 음악가의 집에 가면 악보와 악기들, 흉상과 육필 악보, 오래된 사진들이 전시되어 있고, 작가의 집에 가면 책상과 필기구, 육필 원고와 여행 가방, 또한 옛날 사진과 편지들이 눈에 띄는데, 정신분석가의 집에 가면 무엇을 보게 될까. 프로이트 하우스는 벨을 누르는 사람에게만 문을 열어 주었다. 문이 열리는 소리가 귀청을 때렸다. 광물적인, 높고 센 소리였다. 안으로 들어선 순간, 마치 현실에서 꿈의 세계로 들어서는 듯한 야릇한 기분이 들었다. 어젯밤에 무슨 꿈을 꾸었더라. 고열 감기에 시달렸을 뿐, 꿈다운 꿈을 꾸지 못했다. 몇 해 전 스밀리 블랜톤이라는 정신과 의사가 프로이트로부터 10년간 30여 차례 정신분석을 받으면서 기록한 《프로이트와 나눈 시간들》이라는 책을 편집했던 적이 있었다. 스밀리 블랜톤이 프로이트에게 꿈을 가져가면, 프로이트는 그 꿈을 분석했고, 다시 스밀리 블랜톤은 돌아와 일기로 기록한 것이었다. 그는 프로이트의 피분석자였지만, 결과적으로 이 책은 피분석자로시 프로이트를 관찰한, 마치 뫼비우스의 띠처럼 서로가 서로를 가리키며 향하는 독특한 관계를 형성하고 있는 셈이었다. 그에 따르면 프로이트는 절대 강요하지 않는 겸손한 어조로 부드럽고 편안한 태도를 취했고, 그래서 그와 함께 있으면 언제나 편안했다고 전했다. 그러나 인류의 지성사에서 혁명적인 충격을 던져 준 정신분석학의 창시자 프로이트가 편안한 존재였을까. 벽의 전시장欌 속 프로이트의 진료실을 들여다보고 있자니 블랜톤이 전하는 프로이트의 내밀한 육성이 귀에 들리는 듯했다.

"정신과 의사들이 왜 정신과를 선택하는지 압니까? 그것은 자신이 정상이라고 느끼지 못하기 때문입니다. 그래서 그

러한 느낌을 승화시키는 방법으로 정신과를 선택합니다. 바로 스스로에게 자신이 정상임을 확인시키는 방법이 되는 것이죠. 사회는 정신적으로 비정상인 사람들을 그에게 맡기게 되고, 이를 통해 그는 안심하게 됩니다. 결국 자신의 환자들보다는 훨씬 더 정상이 되는 것이죠⋯⋯. 물론, 일부 정신과 의사들은 우연히 그 과를 택하기도 합니다." 현실과 꿈, 정상과 비정상, 삶과 죽음, 폭염과 대홍수⋯⋯.

"누군가 제게 어떤 이야기를 할 때, 저는 그 이유가 뭘까, 생각해 내려고 애쓰지 않습니다. 그 이유는 때가 되면 알게 된다는 것을 알기 때문입니다. 올리버 크롬웰이 한 말 중에 이런 게 있습니다. '어디로 가는지 모를 때 가장 높이 올라갈 수 있다.' 분석도 마찬가지입니다."

빈에서 닷새째, 내일이면 프라하 쪽에서 희소식이 들려

올지도 몰랐다. 누군가 벨을 울렸고, 조금 뒤 내가 들어올 때 들었던 광물적인, 높고 센 강철 소리를 내며 문이 열렸다. 나갈 때는 조용히. 나는 그쪽으로 발걸음을 옮겼다. 그런데 그 찰나 오른쪽에서 관자놀이께를 찌르는 굉장한 빛이 느껴졌다. 고개를 돌려 보니, 햇빛 드는 창가에 청동으로 만든 침대가 놓여 있었다. 그것은 한 마리 새 같았다. 아니 한 마리 새가 앉았다 날아간 안식처 같았다.

겨울 – 더블린, 해수욕하는 사람들

제임스 조이스의 《율리시스》는 더블린만 灣의 동쪽 해변 샌디코브에 위치한 한 마텔로 탑Martello Tower 에서 시작된다.

그버 멀리건는 흉벽으로 올라가서 멀리 더블린만을 쭉 훑어보았다. 그의 연한 참나무 빛을 띤 아름다운 머리카락을 가볍

TOGS MUST BE WORN

SBA

게 휘날리며.

—제기! 하고 그는 조용히 말했다. 바다는 앨지가 부르듯 그게 아닌가 : 위대하고 감미로운 어머니 말이야? 코딱지 푸른 빛 바다. 불알을 단단하게 하는 바다. '에피 오이노파 폰톤 포도주빛의 바다' 아, 디덜러스, 그리스 사람들은 말이야! 내가 자네한테 가르쳐 줘야겠어. 자네는 그걸 원문으로 읽어야 하네. '탈라타! 탈라타! 바다! 바다!' 바다는 우리들의 위대하고 감미로운 어머니야. 와서 좀 보게나.

탑의 난간에 선 두 사내는 벅 멀리건과 스티븐 디덜러스. 소설 주인공은 아니지만, 주인공 레오폴트 블룸의 행동과 심리 흐름을 독자가 쫓아가도록 작가가 주도면밀하게 세워 놓은 움직이는 대척점들이다. 대척점의 간극은 멀어지기도 하고 좁아지기도 한다. 일반적인 소설의 주요 인물들의 관계망과는 달리 그들은 우연히 더블린 시내 곳곳에서 마주치거나 지나치기만 할 뿐, 아니 각자의 공간, 각자의 관계 속에서 움직인다. 예를 들면, 두 사내가 마텔로 탑에서 면도를 하며, 그날의 바다 이야기를 펼치는 오전 8시, 주인공 레오폴트 블룸은 이들과는 반대쪽 이클레스가 7번지에서 아내 몰리와 함께 아침을 맞는 식이다.

그들이 서 있는 탑은, 나폴레옹과의 전쟁 때 해안을 방어하기 위해 지배국 영국이 세운 요새이나 한 세기가 지난 제임스 조이스의 시대에는 마치 파리의 가난한 이방인들이 고미 다락방에 세 들어 살듯 월세를 지불하고 체류하는 곳으로 묘사된다. 그러니까 스티븐 디덜러스는 근처 달키 소학교 선생으로 이 탑에 자취를 하고 있다. 때는 1906년 6월 6일. 수영하기 좋은 계절이다. 탑에서의 아침식사 후 스티븐 디덜러스가 학교로 출근하자 벅 멀리건은 바다로 뛰어

들어 수영을 즐긴다.

2005년 8월과 11월 두 차례 아일랜드에 갔다. 11월 말, 더블린 교외 샌디코브에 있는 소설 속 마텔로 탑을 찾아갔다. 북대서양에 떠 있는 섬나라의 겨울은 어렸을 적에 겪었던 살을 에는 듯한 추위의 기억을 불러냈다. 탑은 제임스 조이스 뮤지엄으로 바뀌어 있었고, 문이 닫혀 있었다. 하루에 두 번, 제한된 시간에 문을 열어 주었고, 따로 원하는 사람은 전화로 예약을 하도록 되어 있었다. 누가 한겨울에 더블린으로 여행을 가겠는가. 하물며 한적한 교외의 작가 박물관이라니! 탑의 형세를 살필 겸 주위를 돌아보다가 완만한 경사 너머 바다로 이어지는 것처럼 나 있는 길로 걸어갔다. 아무도 없었다. 일요일, 작은 해변 마을은 아직 잠에서 깨어나지 않은 듯 고요했고, 멀리 동양에서 온 여행자의 발소리만 그림자가 되어 뒤따랐다. 과연 언덕을 넘어가자 짙

푸른 바다가 눈앞에 펼쳐졌다. 전날 레오폴트 블룸의 행적을 따라 추위도 모른 채 더블린 시내를 온종일 걸었던 탓에 발걸음이 가볍지만은 않았다. 여름 해수욕철은 아니지만, 바닷물을 느껴 보고 싶었다. 언제 또다시 그곳에 올지 몰랐다. 더블린, 내가 살고 있는 땅에서는 너무나 멀리 떨어진 곳, 그런 만큼 오랜 세월 마음에 품었던 성소가 아닌가. 길이 끝나는 지점에 이르러 나는 못 볼 것을 본 것처럼 눈앞에 펼쳐진 한 장면에 그만 발길을 멈추었다. 하늘처럼, 또 바다처럼 파란색 지붕을 인 바람막이용 간이벽 앞에 한 떼의 남녀가 옹기종기 모여서 부지런히 몸을 움직이고 있었다. 추위로 인한 입김으로 흐릿해졌던 시야를 가다듬고 바라보니, 그들은 옷을 벗고 있는 것이었다! 그것도 훌훌. 코라도 베어 갈 듯이 추운 겨울 아침 햇살 아래 드러난 그들의 맨살은 전광석화처럼 뇌리에 박혔다. 못 볼 것을 본 것이 아니었으므로 자연스럽게 다시 걷고 자연스럽게 바닷가로 내려가야 했다. 맷집 좋은 중년 남자가 수영복 차림으로 내 앞을 가로질러 어린애처럼 깡충깡충 뛰어 바닷가로 내려가면서 나에게 미소를 지어 보였다. 그의 뒤를 따라 건강미 넘치는 부인이 수영 모자를 매만지며 내 앞을 가로질러 가면서 그녀 역시 나에게 미소를 보내 주었다. 그들이 지나갈 때마다 일으키는 바람이 싱그러웠다. 나도 그들을 따라 돌들을 밟고 바닷가로 내려갔다. 손끝에 닿은 바닷물은 그리 차갑지 않았다. 손을 물속에 깊숙이 찔러 넣었다. 휘감아 도는 물결이 감미로웠다. 첨벙첨벙. 겨울 일요일 아침의 해수욕이 일상이 된 사람들. 겹겹이 껴입은 위에 털 재킷과 스코틀랜드산 양모 모자까지 쓰고 그곳에 서 있는 내가 매우 어색하게 느껴졌다. 나는 코끝에 와 부서지는 햇살을 음미하며 비탈길을 천천히 걸어 올라왔다. 탑에서 내

려다보니, 나에게 미소를 띠우며 지나간 사람들이 한 점 점
이 되어 바다 위에 떠 있었다.

그리고 가을-나스카, '여기요!' 의 진실

그때 그곳은 가을이었을까, 겨울이었을까. 옷차림으로
보아서는 분명 가을이었다. 그러나 현지의 계절로는 겨울
이라고 했다. 나는 그곳에서 겨울을 느끼지 못했다. 불과
하루 전 나는 한여름 땡볕 속에 있었다. 북미 토론토에서
남미 페루 리마까지 9시간 동안 비행기를 탔을 뿐이었다.
자정 무렵 비행기에서 내리니 여름은 가고 겨울이 와 있었
다. 북반구에서 남반구로, 나는 방금 적도 부근 남태평양
연안의 리마에 도착한 것이었다. 얼른 시계를 풀어 현지시
간으로 맞추고, 스카프와 겉옷을 꺼내 입었다.

경비행기 조종사 마리오는 좌우로 방향을 틀 때마다,

'저기요!'와 '여기요!'를 외쳤다. 2008년 7월 11일. 페루 남서쪽, 잉카의 신비로운 지상화^{地上畵} 유적지 나스카 라인_{Nasca Lines}. 마리오가 외치는 대로 눈을 돌리면 저 아래 아득한 평원에 희미하게 선^線들이 보였고, 그는 '여기요'에 이어 '거미!' 하고 외쳤다. 그러면 희미한 선들이, 팅커벨의 종이라도 되는 듯이 그의 외침에 따라, '거미'라는 희미한 형상으로 눈에 잡혔다. '원숭이' '나무' '사다리' '펠리컨' '콘도르' '벌새' '우주인'…… 매 순간 눈에 힘을 주고 집중을 하지 않으면 모든 것은 순간적으로 지나가 버렸다. 참을 수 없는 현기증에 시달리며 30여 분의 곡예 비행시간 동안 나는 70여 개의 동식물 중 몇 개의 형상들을 붙잡을 수 있었을까. 경비행기에서 내린 순간 조종사 마리오의 '여기요!'와 '저기요!' 소리만 메아리칠 뿐, 내 머릿속은 폭죽이 터진 듯 뒤죽박죽이었다. 눈에 힘을 주었던

만큼 눈을 감아야 했다. 눈꺼풀 새로 뚫고 들어오는 태양빛을 차단하고, 심호흡을 하며 뒤집어진 가슴을 진정시켜야 했다. 어둠에 익숙해지면, 모든 것은 뚜렷해지리라. 나는 그날 내가 본 것들을 믿을 수 없었다. 순간순간 나아가며 급격하게 방향을 트는 좁은 경비행기의 창가에 매달려 잡히지 않는 각도로 카메라 버튼을 눌러댄 것을 어찌 나는 직접 보았다고 할 수 있겠는가. 그것은 단지 내가 본 것이 아니라 카메라의 눈이 본 것일 뿐이었다. 1백여 컷 중 벌새의 형상을 온전하게 잡아 준 카메라에 감사할 뿐.

낯선 땅에 홀리다

copyright ⓒ 2011 마음의숲

지은이 김연수, 김중혁, 나희덕, 박성원, 성석제,
　　　 신이현, 신현림, 정끝별, 정미경, 함성호, 함정임
1판 1쇄 인쇄 2011년 01월 10일 | 1판 1쇄 발행 2011년 01월 17일 | 발행인 신혜경
발행처 마음의숲 | 등록 2006년 8월 1일(105-91-03955)
주소 서울시 마포구 서교동 464-46 서강빌딩 201호
전화 (02) 322-3164~5 팩스 (02) 322-3166 | 마음의숲 카페 cafe.naver.com/lmindbookl
기획 권대웅 | 편집 박희영, 유석천, 안은광 | 디자인 오민재 | 마케팅 김국현
ISBN 978-89-92783-42-2 03810